AF175931

Petra Weise

Zehn Gebote – eine Geschichte

Roman

Bibliografische Information der Deutschen Nationalbibliothek
Die Deutsche Nationalbibliothek verzeichnet diese Publikation in der
Deutschen Nationalbibliografie; detaillierte bibliografische Daten sind im
Internet über http://dnb.dnb.de abrufbar

Titelseite: Doidam 10 (Shutterstock)
Herstellung & Verlag: BoD – Books on Demand Norderstedt

ISBN 9-783752-810264

Der Mensch ist der Anfang der Religion,
der Mensch ist der Mittelpunkt der Religion,
der Mensch ist das Ende der Religion.

Ludwig Feuerbach

Inhalt

Du sollst nicht ...   Seite

1. andere Götter haben neben mir!   9
2. meinen Namen missbrauchen!   45
3. an Feiertagen arbeiten!   66
4. deine Eltern missachten!   77
5. töten!   81
6. ehebrechen!   85
7. stehlen!   120
8. lügen!   120
9. begehren deines Nächsten Frau!   177
10. begehren fremden Besitz!   222

1. Gebot:
Du sollst nicht andere Götter haben neben mir!

Seit vier Stunden gehen wir. Immer im gleichen Tempo und immer bergauf. Ich hasse dieses Gehen, meine beiden Schwestern auch, doch Mutter treibt uns mit ihrem Blick unerbittlich weiter. Sie schaut nur kurz auf, mahnend!, und gleich wieder weg. Wir wissen genau, was dieser Blick bedeutet und gehen weiter. Schweigend. Wie es sich gehört.

„Herrgott nochmal! Hebe gefälligst die Füße beim Laufen!", ermahnt mich Mutter.

Doch meine Füße tun weh. Besonders mein linken kleiner Zeh schmerzt entsetzlich bei jedem Schritt. Zusätzlich reibt das harte Leder der „ordentlichen" Schuhe, denn zur Wallfahrt darf ich meine weichen Sneaker nicht tragen.

„Ich habe ein großes Hühnerauge am Zeh", jammere ich.

„Du hast kein Hühnerauge, das würdest du merken!"

Ich merke das sehr wohl, doch ich sage nichts mehr.

Trotzdem stößt mir Mutter ihre harten Fingerknöchel in den Rücken und faucht: „Stell dich nicht so an, Johanna!"

Ich mag meinen Namen. Ich mag nur nicht, wie Mutter ihn ausspricht, so hart, dass er wie ein Schimpfwort klingt. Ich mag auch nicht, dass mich alle Anderen Jo rufen. Sie nennen mich Jo, weil ich so dünn bin wie ein zwölfjähriger Junge, obwohl ich bereits sechzehn bin. Nur meine große Schwester Lilli nennt mich Hanni. Sie spricht es englisch aus wie honey.

*****

Lilli heißt eigentlich Elisabeth, doch Elisabeth wird sie nur von Mutter und Michael gerufen. Sie ist ein Jahr älter als ich und beendet in diesem Sommer die Schule. Ab nächsten Monat wohnt sie nicht mehr daheim, sondern in einem Internat weit von unserem Dorf entfernt. Sie will Polizist werden. Ich kann sie mir überhaupt nicht in einer dunklen, furchteinflößenden Uniform vorstellen, weil das ein krasser Unterschied zu ihrer fröhlichen Art ist. Wenn sie lacht, drehen sich sogar Fremde nach ihr um. Mit einem Tuch um Hals und Schulter wirkt sie verspielt elegant. Binde ich mir den gleichen Schal um, fragen die Leute, ob ich Halsweh habe. Lilli bewegt beim Reden den ganzen Körper, gestikuliert mit ihren Händen und zappelt mit den Füßen. Deshalb kann ich sie mir eher als Tanzlehrer oder Kabarettist in bunten Kostümen vorstellen und nicht als strenger, pflichtbewusster Polizist in dunkler Uniform.

Die Uniform stört sie nicht. Sie suchte vor allem nach einer Ausbildung, die so weit weg von daheim ist, dass sie nicht einmal am Wochenende nach Hause kommen kann. Sie ist nicht gern daheim.

Als zweiten Grund nannte sie das hohe Lehrgeld und als dritten die kurze Ausbildungszeit von nur zwei Jahren. Außerdem mag sie Sport sehr gern, worauf beim Eignungstest großen Wert gelegt wurde. Sie hat erfahren, dass in der Polizeischule viel Freizeitsport angeboten wird, was sie kostenlos nutzen kann.

Der letzte und nicht unbedeutende Grund ist, dass es bei der Polizei mehr Männer als Frauen gibt. Lilli mag sportliche Machos. Sie will einen richtigen Kerl, einen, der zupackt und nicht lange redet. Das Reden übernimmt sie lieber selbst.

Ohne Lilli wird mich keiner mehr zum Lachen bringen. Das stimmt mich sofort traurig.

*****

Das ganze Dorf ist unterwegs, nur Vater nicht und auch nicht Lukas, mein Bruder. Sie haben zu tun. Ich weiß, dass das nur eine Ausrede ist und dass weder Vater noch Lukas etwas tun, denn heute ist Sonntag und an Sonntagen arbeitet man nicht. Sie werden beide im Gasthof der Stadt sitzen, Schweinebraten essen und dazu Bier trinken. Vater mag keine religiösen Prozessionen, auch Lilli nicht. Doch sie muss ebenso den beschwerlichen Weg hinauf zur Kapelle gehen wie fast alle Leute aus unserem Ort, die Kinder und die ganz Alten.

Uns drei Schwestern zwingt nicht nur Mutter zu dieser Wallfahrt, sondern vor allem ihr Bruder. Er heißt Michael und ist der Bürgermeister unserer Gemeinde, die aus fünf kleinen Ortschaften besteht. Unsere ist mit weniger als dreihundert Einwohnern die kleinste und es werden immer weniger, weil mehr Leute sterben als geboren werden oder weggehen wollen wie Lilli.

In unserem kleinen Dorf gibt es keinen Laden, keinen Gasthof, keinen Arzt, keine Tankstelle und auch keine Schule. Nur eine Kindergruppe für die ganz Kleinen, die sich im Gemeindehaus befindet. Dort ist auch ein Ausschank, den Michael betreibt, wo sich abends die Männer des Dorfes treffen und Rat halten. Vater sitzt ebenfalls gern in dieser Männerrunde, meist nimmt er Lukas mit, obwohl der erst fünfzehn Jahre alt ist.

Früher war Michael Pfarrer und predigte jeden Sonntag in der Kirche der Stadt. Dort hatte er sein Pfarramtsbüro und seine kleine Wohnung. Die Wohnung und den Predigtstuhl musste er verlassen, als er Bürgermeister wurde.

Trotzdem predigt er jeden Freitag im Gemeinderaum. Er sagt, er sei von Gott zum Predigen bestimmt, weshalb ihm alle Einwohner, die jungen wie die alten, zuhören müssen.

Michael ist Mutters Zwillingsbruder und ebenso streng gläubig wie sie. Beiden sind die Gottesdienste und religiösen Traditionen wichtig, wozu die heutige Wanderung hinauf zur Kapelle gehört.

*****

Ein fremder Mann gesellt sich zu uns und lächelt mich an. Ich lächle nicht zurück, denn er sieht recht furchteinflößend aus mit seinen schwarzen Haaren, dem dichten, dunklen Bart und einer seltsamen Kappe auf dem Kopf, die weder den Käppis der Jungen noch den Hüten der Männer ähnelt.

„Verschwinde!", zischt Mutter in seine Richtung und zu mir gewandt: „Geh weiter!"

Mit ihren harten Handknöcheln stößt sie mir grob in den Rücken, was mir die Tränen in die Augen treibt. Doch ich gebe keinen Laut von mir und gehe weiter, den Blick zum Boden gerichtet wie es sich gehört.

„Wer ist das, Mama?", höre ich meine kleine Schwester Pia fragen.

Die Frau vor uns dreht sich um und antwortet: „Das ist Christian. Er ist wieder da."

„Sei still!", herrscht Mutter sie an. „Ein Ungläubiger ist er, einer, der in die ewige Verdammnis gehört."

Pia ergreift erschrocken Mutters Hand. Ich sehe das. Sie darf Mutter nicht nur anfassen, sondern sich sogar auf dem Sofa an sie ankuscheln. Außerdem bekommt sie jeden Abend einen Gute-Nacht-Kuss. So etwas hat es für Lilli und mich nie gegeben, auch nicht für Lukas.

Bei Lilli wundert mich das nicht, denn sie gibt der Mutter Widerworte und weigert sich zu beten. Ich dagegen bete ebenso wie Pia bei Tisch und vor dem Einschlafen. Ich mache alles, was Mutter von mir verlangt. Trotzdem bekomme ich Schläge und werde beschimpft, weil ich so ungeschickt bin. So sehr ich mich auch bemühe, ich mache zu Mutters Ärger immer alles falsch.

Mutter sagt, meine größte Sünde sei, dass ich Pia nicht liebe. Ich liebe Pia sehr wohl und kann mir nicht erklären, weshalb sie meist recht garstig zu mir ist. Sobald sie in meiner Nähe ist, zwickt sie mich in die Arme und lacht dabei. Dann schreit sie, als hätte ich ihr etwas zuleide getan. Anfangs zeigte ich Mutter die blauen Flecke, die nach Pias Zwicken auf der Haut entstanden und mit der Zeit grün und gelb wurden. Doch Mutter glaubte immer nur Pia, niemals mir.

„Das kommt daher, weil es mit dir so gut geht", erklärt mir Lilli.

Über diese Worte denke ich oft nach, trotzdem kann ich mir keinen Reim darauf machen. Fakt ist, dass Pia nur mich zwickt und nicht Lilli oder gar Lukas.

Auch über diesen Christian denke ich nach. Ich kenne ihn nicht, doch ich spüre, dass er in irgendeiner Weise zu unserem Dorf gehört und vielleicht sogar zu unserer Familie.

Heimlich beobachte ich ihn, wie er so langsam am Rande geht. Manchmal spricht er mit einem Mann aus dem Dorf. Doch manche Leute drehen sich zur Seite, wenn er näher kommt. Sie wollen nicht mit ihm reden. So wie Mutter, die „Verschwinde!" zu ihm gesagt hat.

Er sei ein Ungläubiger, der in die ewige Verdammnis gehört. In die Hölle. Mich schaudert bei dieser gruseligen Vorstellung. Doch vielleicht kann Christian gerettet werden, da er mit uns zusammen hinauf zur Kapelle geht.

*****

Neben der Kapelle hängt unter einem Dach ein überlebensgroßer Jesus am Kreuz. Gemaltes Blut läuft ihm über Brust und Schulter, auch sein Gesicht ist blutverschmiert von den Verletzungen durch die Dornenkrone, die er auf dem Kopf trägt. Sein ausgemergelter Körper ist verkrampft, die Füße mit groben Nägeln an das Kreuz geschlagen. Doch sein Gesicht ist nicht schmerzverzerrt, sonder wirkt entspannt, weil er wohl längst tot war, als man ihn so bestialisch kreuzigte.

Michael sagt, das Kruzifix sei das Sinnbild der Anbetung. Doch ich kann den gemarterten Jesus nicht anbeten Ich mag ihn nicht einmal anschauen, denn ich ertrage seinen Schmerz nicht.

„Hebe den Kopf und schlage das Kreuz, du verdammtes, störrisches Balg!", befiehlt Mutter. Sofort gehorche ich.

Michael sagt, Kruzifixe sollen alle Menschen daran erinnern, dass Christus sich zur Erlösung der Menschheit geopfert hat. Ich weiß das alles, doch so richtig verstehe ich dieses Opfer nicht.

Ich will gern ein Christ sein, zu Christus gehören und ihm nachfolgen. Deshalb versuche ich, immer alles richtig zu machen.

Mutter stößt mich in die Kapelle. Erstaunt schaue ich sie an, denn normalerweise müssen wir Kinder draußen bleiben und die wenigen Plätze den Alten überlassen. Aus den Augenwinkeln sehe ich Lilli, die fröhlich auf der Wiese herumspringt.
Der Onkel stellt sich hinter den kleinen Altar und hebt beide Arme. Sofort stehen alle auf. Zufrieden schaut er über die Köpfe. Wenn Michael predigt, ist er nicht mein Onkel, sondern irgendwie überirdisch. Schon seine Stimme klingt anders, weich und kräftig zugleich.
„Liebe Gemeinde, diese Wallfahrt ist unserem Herrn gewidmet, den wir alle lieben, denn Gott ist die Liebe. Und weil Gott uns liebt, sollen wir unsere Mitmenschen ebenfalls lieben."
Solche Worte höre ich gern. Doch meist sagt Mutter, ich muss Gott und seine Strafe fürchten. Ich bin mir sicher, dass Gottes Strafen um vieles härter sind als Mutters Schläge.
Auch Michaels Gesicht strahlt Liebe aus. Dann zieht er plötzlich die Stirn in Falten, hebt drohend die Hand und ruft laut und zornig: „Doch wir sollen nicht alle lieben, sondern nur die Gottesfürchtigen, nicht die Abtrünnigen!"
Beim letzten Wort zeigt Michael zur Tür. Dort stehen einige Leute, die erschrocken zurück-

weichen und sich ängstlich umsehen. Wen kann der Onkel wohl gemeint haben?

„Wer sich von seiner Gemeinde abwendet, darf in unserem Dorf nicht geduldet werden! Solche Menschen haben auf ewig ihr Recht verwirkt, an unseren Gottesdiensten und Traditionen wie diese Wallfahrt teilzunehmen."

Meint der Onkel Lilli? Sie betet nicht so viel wie ich oder Pia oder gar Mutter. Eigentlich betet sie nur, wenn Mutter sie dazu zwingt. Sie sagt, sie will sich nicht Gott zuwenden, sondern dem Leben, was immer das heißen mag.

Am liebsten würde ich jetzt ihre Hand ergreifen und sie trösten. Doch sie sitzt nicht neben mir, sondern vergnügt sich draußen auf der Wiese mit ihren Freundinnen. Sie soll nicht verdammt sein und auf keinen Fall in die Hölle kommen. Sie ist ein guter Mensch. Das weiß ich genau.

Der Onkel macht eine Pause und schaut mahnend jedem Einzelnen in der Kapelle ins Gesicht. Sein Gesicht verfärbt sich dunkelrot, als er weiterspricht.

„Noch schlimmer als die, die aus der Kirche austreten und unserem Herrn den Gehorsam verweigern, sind die, die einen anderen Gott anbeten."

Jeder weiß, dass es nur einen Gott gibt. Das

hat Michael uns oft genug gepredigt und so steht es auch in der Bibel. Lilli weiß das auch. Also meint er nicht sie, sondern jemand anderen. Aber wen?

Mir fällt der Mann mit dem Bart ein, von dem Mutter sagte, er sei ein Abtrünniger. Zu ihm könnte die Mahnung passen. Außerdem wirkt er furchteinflößend mit seinem dichten schwarzen Bart. Die Nachbarin nannte ihn Christian und sagte, er sei wieder da. Also war dieser Christian schon einmal bei uns im Dorf, hat hier vielleicht sogar gelebt. Ich vermute, dass man diesen Abtrünnigen damals vertrieben hat.

Hoffentlich gelingt es dem Onkel, ihn noch einmal zum Fortgehen zu bewegen, damit er uns nicht in Gefahr bringt.

„Das erste Gebot lautet: *Du sollst keine anderen Götter haben neben mir!*", schreit Michael in den Raum. „Wer es dennoch tut, ist ein Ausbund des Teufels."

Mutter nickt und schaut mich böse an. Ich erschrecke bis ins Mark, obwohl ich niemals einen anderen Gott angebetet habe und dies auch niemals tun werde. Ich mache mich so klein wie möglich und rutsche tiefer in die Bank.

„Und am allerschlimmsten sind diejenigen, die solche Abtrünnigen in den christlichen Schoß ihrer Familien hineinlassen. Diese Leute sind selbst Abtrünnige und müssen ebenso aus unserer Gemeinde ausgeschlossen werden."

Ich bin mir sicher, dass niemand diesen Christian in sein Haus einladen wird, obwohl einige Leute mit ihm gesprochen haben. Doch jetzt sind sie gewarnt, denn der Onkel hat sich klar und deutlich ausgedrückt.

*****

Als wir die Kapelle verlassen, entdecke ich Lilli mitten in einer Gruppe Menschen. Ich winke ihr zu und überlege, ob ich mich zu ihr geselle. Doch ich mag keine Menschengruppen und bin lieber allein. Außerdem packt mich Mutter am Arm und schiebt mich zur Seite.

Von dort beobachte ich, wie Lilli auf den Fremden zeigt, der sich mit einigen Männern unterhält. Hat sie nicht gehört, dass wir ihn meiden sollen? Sicher bekommt sie nun Ärger und die Männer, die sich mit diesem Abtrünnigen abgeben, ebenfalls.

Ich lasse Lilli nicht aus den Augen und sehe, dass sie nun zu mir schaut und ihren Kopf schüttelt. Sie sieht überrascht aus, als könne sie nicht glauben, was sie soeben erfahren hat.

Wieso sprechen diese Leute mit Lilli über mich? Oder geht es um Mutter, die direkt neben mir steht?

Ganz offensichtlich hat sich Lilli nach dem Bärtigen erkundigt, obwohl uns der Onkel eindringlich vor diesem Mann gewarnt hat. Lilli probiert gern ausgerechnet das aus, was verboten ist. Sie ist neugierig und fragt einfach, wenn sie etwas wissen will. Ich bin lieber still, höre zu, denke mir meinen Teil und schweige. Deshalb glaubt Lilli, ich lasse Mutter für mich denken. Doch das stimmt nicht. Manchmal ist es sogar gut, überhaupt nicht zu denken. Das erspart viel Ärger.

Jetzt läuft Lilli auf mich zu und wedelt dabei mit beiden Armen. Als sie neben mir steht, stößt Mutter grob gegen ihre Schulter und zischt: „Benimm dich gefälligst!"
Doch Lilli hört nicht auf sie.
Sie zieht mich beiseite, beugt sich nahe an mein Ohr und flüstert: „Du glaubst es nicht, was ich gerade erfahren habe!" Bedeutungsschwer schaut sie mich an. „Dieser Christian ist Mutters Bruder."
Nein, das glaube ich wirklich nicht. Auf gar keinen Fall haben wir einen Abtrünnigen in der Familie. Das hätte sich längst im Dorf herumgesprochen, denn solch eine gewaltige Sünde wäre niemals geheim geblieben. Außerdem hätte Mutter oder Michael längst von ihrem Bruder erzählt, auf ihn geschimpft, ihn verflucht,

uns vor ihm gewarnt. Doch keiner hat diesen Christian jemals erwähnt, auch die Nachbarn nicht. Er war nie im Dorf und schon gar nicht in unserem Haus. Gott bewahre!

„Wenn er nun heute oder morgen an unsere Tür klopft, stürzt er uns alle ins Unglück", flüstere ich ängstlich.

„Papperlapapp!", wischt sie munter meine Bedenken fort. „Außerdem wäre dann endlich mal was los."

Völlig verwirrt laufe ich schweigend mit all den anderen Gläubigen nach Hause, während Lilli vergnügt mit ihren Freundinnen schwatzt.

Als am Abend alle am Tisch sitzen, fragt sie: „Warum hast du uns noch nie von deinem Bruder Christian erzählt?"

Im gleichen Moment schlägt ihr Mutter kräftig ins Gesicht. Und noch einmal.

„Raus!", schreit sie aufgebracht. „Fort mit dir, du gottlose Person! Nie wieder will ich diesen Namen in meinem Haus hören! Nie wieder!"

Ich ducke mich ängstlich und spüre Vaters Blick auf mir. Doch ich wage nicht, ihn anzuschauen.

„Das gilt auch für dich!", faucht Mutter.

Ich weiß, dass ich gemeint bin. Doch ich weiß nicht, was genau auch für mich gilt: dass ich den Namen Christian nicht erwähnen darf oder wie Lilli vom Tisch verschwinden soll und kein

Abendessen bekomme.

*****

Die Grundschüler werden von einem Sammler, der unsere fünf Dörfer abfährt, zur Schule gebracht und anschließend wieder nach Hause. Die Großen wie ich benutzen den Linienbus.

Ich genieße diese Busfahrten sehr, weil ich so gern den Leuten zuhöre, ohne selbst etwas sagen zu müssen. Ich schaue zur Seite, damit mich niemand anspricht oder nach unten wie die vielen Leute, die ihr Handy nicht aus den Augen lassen und darauf herumwischen. Die meisten tragen sogar Kopfhörer, damit sie nicht hören müssen, was um sie herum gesprochen wird. Ich beobachte gern die Gesichter und stelle mir vor, ob die Leute an etwas Schönes denken oder traurig sind.

Leider fährt der Bus nur drei Mal am Tag: früh am Morgen, am Nachmittag und gegen Abend. Er hält oben an der Hauptstraße. Von dort habe ich noch gut drei Kilometer bis zu unserem Haus unten am Fluss.

Das Haus ist alt und klein. Unten im Erdgeschoss befinden sich die große Küche, die gute Stube und das Bad, oben drei Schlafkammern: eine für die Eltern und Pia, eine ganz allein für Lukas und eine für Lilli und mich.

Früher gab es neben unserem Haus eine kleine Brücke über den Fluss, doch die war alt und kaputt und wurde schließlich gesperrt. Der Onkel sagt, es wäre Verschwendung von Steuergeldern, eine neue Brücke zu bauen, weil auf der anderen Fluss-Seite niemand wohnt. Nun ist unser Dorf eine Sackgasse, weshalb sich keine Fremden zu uns verirren.

Wenn ich den Bus verpasse, muss ich die sieben Kilometer von der Stadt bis zum Dorf laufen und zwar immer auf der kurvigen Land-straße entlang. Es gibt auch kürzere Wege, gleich zwei davon. Der erste führt quer übers Feld, wurde aber vom Bauern überpflügt und ist nicht mehr zu erkennen. Auch den zweiten findet man schwer. Er durchquert auf gerader Linie das kleine Wäldchen, doch der Pfad ist von Gebüsch zugewuchert, weil sich keiner um ihn kümmert.

*****

Um den Bus zu erwischen, laufe ich schneller. Meine Englisch-Lehrerin winkt mir zu, ich winke zurück und laufe eilig weiter.
Doch sie ruft: „Johanna, warte bitte!"
Widerwillig bleibe ich stehen.
„Ich muss zum Bus!", murmle ich.

„Wie geht es deinem Onkel Christian?"

„Ich habe keinen Onkel Christian", entgegne ich verlegen.

Habe ich jetzt gelogen, weil es diesen Onkel wirklich gibt? Aber ich darf ihn nicht einmal erwähnen, denn er ist ein Abtrünniger. Deshalb ist es schon richtig, dass es ihn gar nicht gibt.

„Das ist nicht gut, Johanna. Man darf niemanden allein nach seinem Glauben beurteilen und schon gar nicht *ver*urteilen."

Wovon redet die Frau?

„Keiner ist vierundzwanzig Stunden Christ oder Moslem, er ist vor allem ein Mensch, der isst und schläft und Liebe sucht."

Ich habe keine Ahnung, wovon sie spricht und was sie von mir will.

„Ich muss zum Bus", wiederhole ich, drehe mich um und lasse sie einfach stehen.

Ich weiß, dass das sehr unhöflich von mir ist, doch wenn ich den Bus verpasse, muss ich lange über Land laufen, bekomme obendrein Ärger mit der Mutter und am Ende kein Abendessen.

„Denke darüber nach!", ruft mir die Lehrerin nach.

Kurz vor der Bushaltestelle bleibe ich stehen, weil mitten auf dem Fußweg Gerümpel liegt. Während ich drumherum gehen muss, schaue

genauer hin, denn meist werden Sachen weg-
geworfen, die noch gut zu gebrauchen sind.
Das größte Teil ist ein Gitterbett mit Matratze,
das noch völlig in Ordnung ist. Fassungslos
bleibe ich stehen und schüttle meinen Kopf.
Neben dem Bett liegen eine Kommode mit
einem Wickelaufsatz, ein Hochstühlchen und
ein umgekippter Kindersportwagen. Das sind
alles Dinge für ein Kleinkind und alle sehen
nahezu ungebraucht aus. Weshalb wurden sie
auf die Straße gestellt? Holt sie jemand ab?
Oder werden sie nicht mehr gebraucht?
Warum? Vielleicht gab es in der Familie ein
furchtbares Unglück?
Dieser Gedanke lässt mir keine Ruhe und ich
kann meinen Blick nicht von diesen so achtlos
auf der Straße liegenden Möbel losreißen.

„Hallo, Johanna!", spricht mich ein Mann an.
Ich brauche einen Moment, um die Bilder von
dem möglicherweise toten Kind und seinen
verzweifelten Eltern aus dem Kopf zu bekommen und den Mann zu erkennen, der nun
neben mir steht und mich anlächelt.
Es ist der mit dem Bart, der Abtrünnige, der Ungläubige. Christian. Mit ihm möchte ich nichts
zu tun haben. Suchend schaue ich mich um, ob
vielleicht jemand in der Nähe ist, den ich kenne
und der mir helfen könnte. Doch sämtliche

Leute, die vorhin noch über den Platz liefen, sind wie vom Erdboden verschluckt. Ich bin ganz allein mit diesem unheimlichen Mann und weiß nicht, was ich machen soll. Auf jeden Fall muss ich ihn loswerden, bevor jemand bemerkt, dass ich hier mit ihm stehe und es am Ende Mutter erzählt.

Ich nehme all meinen Mut zusammen und sage so laut ich kann: „Lassen Sie mich in Ruhe! Ich muss zum Bus!"

Bevor ich weglaufen kann, ergreift er meinen Arm und hält mich zurück. Erschrocken schaue ich ihn an. Will er mir etwas tun? Doch seine dunklen Augen wirken ruhig, direkt freundlich.

„Entschuldige bitte", sagt er sanft und gibt meinen Arm wieder frei.

Das überrascht mich jetzt. Und gleichzeitig bin ich wütend, weil ich aus den Augenwinkeln bemerke, dass der Bus gerade abfährt. Der nächste fährt erst am Abend. Selbst, wenn ich renne, schaffe ich es nicht mehr rechtzeitig nach Hause. Es sei denn, mich nimmt jemand mit dem Auto mit, der zufällig in meine Richtung fährt. Doch darauf kann ich nicht hoffen, weil wir viel zu abseits wohnen. Ich sehe schon die Mutter vor mir, wie sie mich anschreit und mit ihren harten Fingerknöcheln gegen meinen Kopf und meine Arme schlägt.

„Ich wollte dir nicht weh tun. Ich möchte dich

nur näher kennenlernen."

Aber ich will ihn nicht kennenlernen. Ich darf das gar nicht.

„Ich kenne Sie nicht und will Sie auch nicht kennen. Ich will nach Hause. Mein Bus fährt gleich und meine Eltern erwarten mich."

Der Mann lächelt. Sicher hat er ebenso wie ich gesehen, dass der Bus längst abgefahren ist. Doch es ist kein gehässiges Lachen, eher ein verlegenes.

„Ich bin Abdi, der Bruder deiner Mutter."

„Sie lügen!", sage ich mutig. „So einen Bruder hat meine Mutter nicht."

„Früher hieß ich Christian." Bittend schaut er mich an. „Hat deine Mutter nie von mir erzählt?"

Ich schüttle den Kopf. Soll ich ihm sagen, dass wir seinen Namen nicht erwähnen dürfen, weil er ein Abtrünniger ist? Oder dass ich erst während der Wallfahrt erfuhr, dass es ihn überhaupt gibt? Dass ich Ärger bekomme, wenn ich mit ihm spreche?

„Und doch ist es wahr: Ich bin der jüngste Bruder deiner Mutter und natürlich auch von Michael."

Ich schaue zu Boden und überlege, ob ich nun etwas sagen muss oder einfach davonlaufen kann.

„Ich wohne ein paar Tage bei meiner Mutter, also bei deiner Oma. Lass uns zusammen zu ihr gehen! Sie würde sich freuen, dich zu sehen und wir können in Ruhe reden."

„Ich darf nicht. Ich kriege sowieso Ärger, weil ich den Bus verpasst habe."

Schnell beiße ich mir auf die Zunge, weil er nun weiß, dass gar kein Bus mehr fährt. Doch es ist nun einmal gesagt und lässt sich nicht mehr zurücknehmen.

„Das tut mir leid." Sichtlich betroffen schaut er mich an und fragt: „Was machen wir denn jetzt?"

„Wir? Wieso denn wir?"

Kurz denkt er nach. Dann schlägt er vor, mich in seinem Auto nach Hause zu bringen.

„Meinen Sie, ich wäre so dumm, zu Ihnen ins Auto zu steigen?"

Ich werfe meinen Kopf zurück und versuche zu lachen. Er soll merken, dass ich keine Angst vor ihm habe. Dabei habe ich sehr wohl Angst, große sogar.

„Lassen Sie mich endlich in Ruhe, sonst rufe ich die Polizei!"

Energisch greife ich in meine Tasche und tue so, als suche ich mein Handy. Dabei habe ich gar kein Handy und schon gar nicht solch ein modernes Smartphone, das eigentlich alle Kinder in meiner Klasse besitzen.

„Ich gebe dir meine Telefonnummer. Dann kannst du mich anrufen, wenn du magst. Ich würde mich jedenfalls sehr freuen. Deine Oma auch."

Wortlos drehe ich mich um und laufe davon.

„Denk drüber nach!", ruft er mir nach.

Es sind die gleichen Worte, die meine Lehrerin benutzte. Doch es hat keinen Sinn, darüber nachzudenken, denn mir ist der Kontakt mit ihm verboten. Ich kenne ihn nicht und will ihn auch nicht kennenlernen, denn Ärger habe ich auch so schon genug.

Ich werde zu spät nach Hause kommen und je nach Mutters Laune Schläge oder nichts zu essen bekommen – oder beides.

Eilig mache ich mich auf den Weg. Kaum bin ich außerhalb der Stadt, fängt es an zu nieseln. Ganz fein wie Nebel, der unter meine Jacke kriecht und die Jeans durchnässt. Ich ärgere mich, weil kein einziges Auto anhält. Warum nur bin ich nicht so mutig wie Lilli? Die hätte sich von Christians heimfahren lassen. Oder sie wäre mit ihm zu Oma gegangen. Mich wundert, dass ich noch nie über Mutters Mutter nach-dachte. Ich weiß nicht einmal, wo sie wohnt, denn wir haben sie niemals besucht. Doch ich weiß nicht, warum. Sie wurde in unserem Haus nie erwähnt. Deshalb glaubte ich wohl, dass es sie gar nicht gibt.

*****

Mir fällt ein, dass ich diese Oma schon einmal gesehen habe, ein einziges Mal. Plötzlich kann ich mich an die Begegnung erinnern, als wäre sie gestern gewesen, obwohl sie schon viele Jahre her ist, kurz nach meiner Einschulung.

Die Sekretärin holte mich mitten aus dem Unterricht und führte mich zu einer Frau, die im breiten Flur stand und offensichtlich auf mich wartete.
„Ich bin deine Oma", sagte sie und lächelte mich an.
Natürlich glaubte ich ihr nicht, denn ich kannte meine Oma. Unwillig schüttelte ich den Kopf.
Die Frau lächelte immer noch.
„Du kennst nur die andere Oma, die Mutter deines Vaters. Doch deine Mutter hat auch eine Mutter. Und die bin ich."
Sie tippte sich auf die Brust und reichte mir ihre Hand zum Gruß. Artig griff ich zu, obwohl ich dazu keine Lust hatte. Ich kannte die Frau nicht, die behauptete, meine Oma zu sein. Um ihr nicht in die Augen sehen zu müssen, betrachtete ich ihre Kleidung. Sie trug einen giftgrünen Hosenanzug, dazu eine rotbraune Tasche und hohe Absatzschuhe in der gleichen Farbe. So wäre Mutter niemals auf die Straße

gegangen. Herausputzen hielt sie für Sünde. Vermutlich war genau dieser Aufzug der Grund dafür, weshalb wir keinen Kontakt zu unserer Oma hatten.

Sofort fürchtete ich Mutters Strafe, wenn sie erfährt, dass ich Oma getroffen hatte. Es gäbe Schläge und ich müsste eine ganze Woche lang oder noch länger den Hühnerstall allein ausmisten.

„Ich kenne Sie nicht", sagte ich leise. „Ich glaube, ich darf gar nicht mit Ihnen sprechen."

„Wer sagt solchen Unsinn?", fragte die Frau streng und zwinkerte mir gleichzeitig zu.

Das irritierte mich.

In diesem Moment kam Lilli angestürmt und schrie: „Omi! Meine liebe Omi!"

Die Frau beugte sich ein wenig nach vorn und breitete ihre Arme aus, so dass Lilli hinein-springen konnte. Dann drehte sie sich im Kreis und wirbelte Lilli umher. Dabei lachten beide so laut, dass es im ganzen Schulhaus schallte.

Ich war fassungslos. Wie kam es, dass meine Schwester unsere Oma kannte und ich nicht?

„Ich hole euch nach der Schule ab und wir machen uns einen lustigen Nachmittag."

„Es tut mir leid", stammelte die Sekretärin. „Es liegt keine schriftliche Erlaubnis der Eltern vor."

„Papperlapapp", sagte die Oma. „Ich habe drei Enkel, das vierte ist unterwegs und kenne nur

Elisabeth, weil meine Tochter jeden Kontakt verhindert."

„Papperpapapp", sagte auch Lilli fröhlich und strahlte die Oma an. „Holst du uns ab? Ich weiß gar nicht mehr, wo du wohnst."

Doch die Sekretärin erklärte: „Das geht nicht. Wir sind an die Vorgaben der Eltern gebunden." Leise fügte sie hinzu: „Auch wenn wir nicht alles gut finden."

Lilli zwinkerte der Oma zu.

„Ich verstecke mich einfach und dann komme ich mit zu dir."

„Untersteh dich!", befahl die Sekretärin. „Ich gebe euch einen Brief für die Eltern mit und sorge dafür, dass ihr pünktlich in den Bus einsteigt."

„Rein rechtlich gesehen handeln Sie korrekt, doch menschlich gesehen eher nicht."

Oma drückte uns noch einmal heftig an sich, drehte sich um und ging hoch erhobenen Hauptes mit langen Schritten davon. Dieses Bild hatte ich noch lange im Kopf, als wir längst wieder im Klassenzimmer saßen.

An diesem Tag achtete der Lehrer besonders auf Lilli und mich und schob uns als erste in den Bus.

Ich weiß noch, dass Lilli daheim alles erzählte und von der Mutter diese Unterschrift erbat, damit wir die Oma besuchen können.

„Nichts gibt's! Ihr kommt nach der Schule sofort nach Hause, sonst setzt es was!"

Lilli schrie: „Ich will aber zur Oma!"

Dafür bekam sie eine schallende Ohrfeige und musste sofort den Hühnerstall ausmisten.

„Ich will nichts mehr davon hören! Habt ihr mich verstanden? Nie wieder!", schrie Mutter rot vor Zorn.

*****

Ab der fünften Klasse hatte ich auch am Nachmittag Unterricht. Nun gehörte ich zu den Großen und durfte den Linienbus nutzen. Ich fühlte mich direkt erwachsen, weil ich nicht mehr wie Lukas und die anderen Kleinen mit dem Sammler zur Schule gebracht und abgeholt wurde.

Eines Tages zog mich Lilli beiseite und sagte: „Heute ist Dienstag. Ich besuche jeden Dienstag die Oma. Kommst du mit?"

Erschrocken schüttelte ich den Kopf.

„Nein! Das dürfen wir nicht."

Meine Schwester zuckte nur mit der Schulter und rannte davon.

Von weitem rief sie: „Wenn du mich verpetzt, poche ich dich windelweich!"

Natürlich bewunderte ich ihren Mut, sich der

Mutter zu widersetzen. Doch gleichzeitig war ich darüber fassungslos. Kinder müssen ihren Eltern gehorchen. Der Kontakt zur Oma war uns ein für alle Mal verboten.

„Wieso verpasst du jeden Dienstag den Bus?", wollte Mutter eines Abends wissen. „Sollte ein Kerl dahinter stecken, prügle ich dich tot!"

„Wir haben Dienstags Sport und der blöde Lehrer kann mich nicht leiden. Ich muss immer allein aufräumen", log Lilli, ohne rot zu werden.

„Warst du wieder frech?"

Lilli zuckte mit der Schulter. Dafür bekam sie gleich drei kräftige Schläge, die Mutter kommentierte: „Diesen, weil sich der Lehrer über dich ärgern muss, diesen, weil du ihn blöd nennst und den letzten fürs Zuspätkommen."

Doch Lilli schienen die Schläge nichts auszumachen. Sie blinzelte mir sogar zu, als Mutter sie ohne Abendessen hinaus schickte.

Hatte Lilli keinen Hunger? Befürchtete sie nie, dass ihre Lüge auffliegt? Doch was die Schule betrifft, konnte sie sicher sein, dass sich Mutter weder nach dem Stundenplan noch nach Hausaufgaben oder Zensuren erkundigte. Es interessierte sie einfach nicht.

Wir haben niemals wieder die Oma erwähnt und irgendwann hatte ich die ganze Sache vergessen.

*****

Daheim vor der Tür steht ein Teller auf dem Boden, von dem unsere beiden Katzen fressen. Das war mein Abendessen. Wer nicht pünktlich bei Tisch ist, bekommt nichts. So läuft das bei uns.

Das Abendessen ist die einzige Mahlzeit, die wir gemeinsam einnehmen. Deshalb ist sie mir so besonders wichtig. Ich mag es, wenn alles geordnet und wie immer verläuft. Lilli nicht.
„Was hast du davon, heile Familie zu spielen?", fragt sie mich.
„Aber ich spiele nicht", antworte ich.
Verächtlich zuckt sie mit der Schulter. Ich sehe ihr an, dass sie mir nicht glaubt.
„Ich kriege Bauchweh und kann gar nicht verdauen, was ich mir so in den Mund stopfe."
Das verstehe ich nicht und schaue sie fragend an.
„Mich kotzt die miese Stimmung an, da bleibt mir der Bissen im Halse stecken."
Wir dürfen nach dem Tischgebet nicht reden. Mir macht das nichts aus, ich rede nicht gern. Lilli dagegen ist sehr schwatzhaft, sie plappert und singt ohne Pause. Mir gefällt das, doch Mutter nicht.
Morgens beeilt sich Lilli, aus dem Haus zu kom-

men, bevor Mutter aufsteht. Sie trinkt nur einen Schluck Saft, das genügt ihr. Ich brauche ein richtiges Frühstück: Milch und eine Schnitte. Eine zweite belege ich mit Wurst und nehme sie mit in die Schule. Pia frühstückt später mit Mutter, Vater isst in der Firma und nimmt manchmal Lukas gleich mit.

Ich kauere mich neben die Katzen und streichle die schwarze. Die andere duckt sich und faucht. Vermutlich glaubt sie, ich will ihr die Mahlzeit streitig machen und sie muss wieder mühevoll Mäuse fangen. Ich lasse sie in Ruhe fressen und öffne vorsichtig die Haustür. Ins Haus dürfen die Katzen nicht, sie verkriechen sich im Schuppen, wenn es tagelang regnet oder im Winter zu kalt ist.
Meine getigerte Lieblingskatze lebt nicht mehr. Mutter hat sie vorletzte Woche erschlagen, weil sie ein Küken gerissen hatte.

Unsere Hühner laufen den ganzen Tag draußen frei herum. Damit sie nicht in Mutters Garten scharren, hat Vater einen Zaun aus Zweigen geflochten. Auch das Wild kann nun nicht mehr über die Beete trampeln. Mutter zieht in ihrem kleinen Bauerngarten Gemüse und Dahlien. Dahlien sind die einzigen Blumen, die sie mag, und keiner darf sie pflücken. Ich werde meist hinausgeschickt, um Spinat, Bohnen, Rotkohl oder Rosenkohl zu ernten. Rotkohl macht keine große Mühe, er färbt nur die Hände lila, wenn ich ihn für die Mahlzeiten verarbeiten muss. Schlimmer färben Rote Bete und Schwarzwurzeln. Die meiste Arbeit macht Spinat, denn für einen einzigen Topf Beilage muss ich einen ganzen Wassereimer voller Blätter pflücken, waschen und putzen. Deshalb esse ich Spinat überhaupt nicht gern.

Bis zu unserem Haus verirrt sich selten ein Auto, nicht einmal ein Fahrrad oder Nachbar - Fremde schon gar nicht. Lilli beklagt sich darüber, doch ich mag die Stille. Die Stadt mit ihrem Lärm, den vielen Fahrzeugen und Menschen macht mir eher Angst.

*****

Als wir am Abend in unserem Zimmer sind, krieche ich zu Lilli ins Bett. Wir haben ein Doppelstockbett, weil für zwei Betten kein Platz im Raum ist.

„Ich muss dir etwas erzählen, das die Mutter nicht hören darf", flüstere ich.

Lilli ist sofort aufmerksam, denn ich habe normalerweise keine Geheimnisse.

„Erzähle!", fordert sie.

„Dieser blöde Christian ist schuld daran, dass

ich kein Abendessen bekommen habe", platzt es ohne Einleitung aus mir heraus.

„Wieso denn das?", fragt sie verwundert.

„Er hat mich auf dem Markt in ein Gespräch verwickelt. Deshalb habe ich den Bus verpasst und musste die ganze Strecke nach Hause laufen."

„Bist selber schuld!"

Natürlich bin ich selbst schuld. Ich hätte mich einfach nicht mit ihm unterhalten dürfen.

„Der Christian heißt jetzt Abdi und ist voll nett. Er hätte dich bestimmt mit seinem Auto nach Hause gebracht."

„Bist du verrückt?", rufe ich aus und halte mir sofort erschrocken die Hand vor den Mund. Hoffentlich hat Mutter nichts gehört. Sie duldet es nicht, wenn wir abends im Bett noch tuscheln. Mir fällt ein, dass mich Christian tatsächlich nach Hause fahren wollte.

„Wenn das jemand gesehen und der Mutter erzählt hätte!"

„Na und? Schläge bekommst du so und so, also kannst du genauso gut machen, was du willst."

So sieht Lilli das. Ich bewundere ihre lockere Art und ihren Mut. Doch ich wage es nicht, mich Mutter zu widersetzen. Es gehört sich auch nicht, denn man muss seinen Eltern gehorchen.

„Er wollte sogar, dass wir zusammen zu seiner Mutter gehen."

„Und warum hast du dumme Nuss das nicht gemacht?"

Was soll diese Frage? Lilli weiß genau, dass wir die Oma nicht einmal erwähnen dürfen und besuchen schon gar nicht.

Trotzdem sage ich: „Weil es verboten ist, deshalb!"

Allerdings weiß ich nicht, warum wir die Oma nicht sehen dürfen. Mutter spricht nicht über sie, auch Vater nicht. Wer weiß, was die Oma Schlimmes getan hat, weshalb uns Mutter vor ihr schützen muss.

„Weißt du, warum wir nie die Oma besuchen durften?"

„Klar, weiß ich das", verkündet Lilli stolz. Dann flüstert sie: „Weil sie sich nicht von Christian losgesagt hat."

„Wie denn losgesagt?"

„Sie sollte sagen, dass sie ihn nicht mehr liebt, ihn gar nicht kennt und überhaupt nicht mehr mit ihm reden."

„Aber er ist doch ihr Sohn!", rufe ich aus.

Dann fällt mir Michaels Predigt in der Kapelle ein. Er hat gesagt, dass es für Abtrünnige und Ungläubige keinen Platz in der Kirche, der Gemeinde und ihren Familien gibt. So steht es schwarz auf weiß in der Bibel. Christian ist solch ein Abtrünniger. Michael hat also in dieser Predigt von seinem Bruder gesprochen.

„Warum hält sich die Oma nicht an die Gesetze der Kirche?", frage ich ängstlich.

„Weil sie ihren Sohn liebt, du dumme Kuh!"

Ich kann mir nicht vorstellen, jemanden zu lieben, der Gott nicht liebt.

„Aber wenn er doch verdammt ist!", rufe ich aus.

„Du bist verdammt blöd!", schimpft Lilli. „Warum sollte er verdammt sein?"

Darauf sage ich nichts, weil es so eindeutig ist. Macht es Lilli nichts aus, dass Christian freiwillig auf Gottes Schutz verzichtet? Sofort wird mir kalt vor Schreck und ich krieche tiefer unter die Decke.

„Christian heißt jetzt Abdi. Das ist die Kurzform von Abdulkadir und bedeutet Diener Gottes." Lilli kichert. „Im Grunde hat er gar nicht seinen Namen geändert, sondern nur ins Islamische übersetzt."

Ich finde das überhaupt nicht lustig. Schließlich weiß jeder, dass Moslems gewalttätig sind und sogar zu Selbstmordattentaten bereit sind.

„Islam heißt übersetzt Hingabe und Frieden. Den Muslimen ist Barmherzigkeit wichtig."

Offensichtlich verwechselt Lilli etwas, denn das sind Worte aus der Bibel. Oder sie hat sich von diesem Christian oder vom Teufel selbst beeinflussen lassen.

„Abdi ist für seine Mutter der gleiche Sohn, der er immer war. Er hat nur seinen Namen geändert."

Das stimmt so nicht. Denn er hat nicht nur seinen Namen, sondern seinen Glauben geändert. Und das ändert alles!

Auf einmal fallen mir die Worte der Englisch-Lehrerin ein. Sie sagte, dass man niemanden allein wegen seines Glaubens verurteilen darf, weil jeder nur ein Mensch ist, der Liebe sucht. Offenbar wusste sie, dass Christian Moslem ist und findet es am Ende gar nicht schrecklich. Vielleicht ist sie selbst eine Abtrünnige. Darf solch eine Frau überhaupt unterrichten? Allerdings trägt sie kein Kopftuch wie zum Beispiel die türkischen Mädchen.

Lilli boxt mich gegen den Arm und sagt: „Ich finde es schlimm, dass Mutter und Michael ihren Bruder und sogar ihre eigene Mutter ablehnen."

Seine Mutter soll man achten, das besagt das vierte Gebot. Doch gilt das auch, wenn sie einen Abtrünnigen aufnimmt?

Könnte ich Lilli noch lieben, wenn sie aus der Kirche austreten würde? Oder gar Moslem wird wie Christian? Ängstlich schüttle ich diesen Gedanken ab, es wäre wirklich zu schrecklich. Ich stelle mir vor, dass ich mich heimlich mit Lilli treffe, absichtlich etwas Verbotenes mache und dafür von Mutter und von Gott bestraft werde.

Nein, ich möchte ein guter Christ sein und alle zehn Gebote achten. Das erste Gebot ist das wichtigste.

Deshalb sage ich sehr bestimmt: „Das erste Gebot lautet: Du sollst nicht andere Götter haben neben mir!"

„Das tut er auch nicht!"

„Aber er betet zum falschen Gott!", rufe ich empört aus.

Lilli schüttelt den Kopf.

„Sie sagen zwar Allah zu Gott, doch es ist kein anderer Gott, sondern der gleiche wie der unsere."

So wie bei Christian! Er hat nur seinen Namen in Abdi geändert, ist aber der gleiche Mann. Und Allah ist nur ein anderer Name für Gott. Weiß das Michael nicht? Oder stimmt es gar nicht?

Ich beschließe, eher Michael zu glauben, denn ihn kenne ich, während ich diesen Christian und seine Mutter überhaupt nicht kenne. Leuten, die man nicht kennt, muss man nichts glauben und sollte ihnen auch nicht trauen.

„Kennst du Christian?", frage ich Lilli.

„Natürlich kenne ich ihn. Er ist voll nett."

Wenn Mutter das erfährt, gibt es Ärger. Trotzdem will ich auf einmal alles wissen.

„Du hast nie von ihm erzählt", maule ich.

„Weil du mich verpetzt hättest." Etwas versöhn-licher fügt sie hinzu: „Außerdem habe ich ihn nicht gleich erkannt. Bei der Oma stehen zwar viele Fotos von ihm, doch auf keinem hat er so einen langen Bart wie jetzt."

„Du warst bei der Oma? Aber das dürfen wir nicht!"

„Ach was! Wenn ich nur mache, was die Mutter erlaubt, hätte ich überhaupt keine Freude."

Wie kann sie so etwas sagen?

„Abdi ist furchtbar nett, ganz anders als Mutter."

So etwas darf man nicht sagen. Doch insge-heim gebe ich Lilli recht. Ich gebe ihr einen Gute-Nacht-Kuss und krieche in mein Bett. Doch ich kann nicht einschlafen, weil sich in meinem Kopf Lillis und Michaels Worte streiten. Mir leuchten beide Meinungen ein. Abdi scheint ein netter Mann zu sein. Und doch wage ich nicht, mit ihm zu sprechen. Denn wenn Michael im Recht ist, muss ich nicht nur Mutters Schläge, sondern auch Gottes Strafe fürchten und werde am Ende aus der Gemeinde ausge-schlossen. Das möchte ich auf gar keinen Fall.

2. Gebot:

Du sollst meinen Namen nicht missbrauchen!

Ich gebe Olivenöl in die heiße Pfanne und drei Kellen rote Gebirgslinsen dazu. Sie sollen langsam anschmoren. Inzwischen putze ich Zwiebeln und Pilze, die ich später hinzufügen will.
Das Telefon klingelt.
„Geh endlich ran!", befiehlt Mutter und geht hinaus in den Garten.
Dort höre ich sie mit den Hühnern schimpfen.
Am Telefon ist Vater. Er sagt, dass er noch zu tun hat und nicht pünktlich zum Essen daheim sein kann.
„Johanna!", ruft Mutter.
Ihre Stimme klingt verärgert.
Schnell laufe ich hinaus und überlege, ob ich etwas vergessen oder falsch gemacht habe. Da sehe ich die Bescherung: Ein Huhn ist über den Gartenzaun geflattert und Mutter scheucht es von einer Ecke in die andere. Dabei zertrampelt das Tier das Gemüse und sogar die Dahlien.
„Ich mach das!", erkläre ich bereitwillig und steige über den niedrigen Zaun.
„Himmelherrgott nochmal! Kann du nicht die Pforte benutzen?"
„Ich wollte schnell helfen", stammle ich.
„Herrgott nochmal! Pack endlich zu!"
Das versuche ich, doch Mutter ist ständig im

Weg und schreit auf das Huhn ein: „Ksch! Du blödes Vieh! Weg da!"

Sie schlägt mit ihren Armen um sich, wobei sie mich mal am Kopf und mal auf dem Rücken trifft. Ich versuche, ihre Schläge zu ignorieren und gehe langsam geduckt auf das Huhn zu. Schließlich kann ich es greifen und über den Zaun werfen.

„Heiliger Strohsack! Den ganzen Garten hat das gottverdammte Vieh zertrampelt."

Die meisten Blumen wird wohl Mutter zertreten haben. Doch das sage ich nicht. Ich sehe noch, wie sie nach dem Besen greift und dem Huhn schimpfend nachläuft.

„Dich kriege ich, du verdammtes Biest! Heute kommst du in die Pfanne!"

Pfanne! Linsen! Schon auf dem Weg zurück zur Küche rieche ich das Dilemma: Es stinkt entsetzlich! Die Linsen sind ebenso wie die Pfanne kohlrabenschwarz. Ich war zu lange weg, hätte den Herd gar nicht verlassen dürfen. Doch mich hatte Mutter gerufen. Eilig stelle ich die Pfanne ins Spülbecken und drehe den Wasserhahn auf. Sofort qualmt es und stinkt noch ärger. Ich öffne die Fenster, damit der Rauch abziehen kann.

„Was hat diese gottlose Göre wieder angestellt?", höre ich Mutter schon von weitem.

Jetzt müsste sich der Boden öffnen und ich in ein Loch fallen. Aber natürlich öffnet sich der Boden nicht, sondern die Küchentür und Mutter stürmt herein. Sie hat den Besen noch in der Hand und drischt damit wahllos auf mich ein. Ich schütze mit meinen Armen den Kopf, doch es nützt nichts. Die Schläge prasseln auf Beine, Arme und den ganzen Körper.

Plötzlich steht Lilli neben mir und reißt Mutter den Besen aus der Hand. Mutter ist derart überrascht, dass sie es geschehen lässt. Im gleichen Moment fängt sie sich und schlägt Lilli mitten ins Gesicht.
„Meine Pfanne! Was hast du angerichtet, du Kind des Teufels?"
Lilli kichert und erhält dafür eine weitere Ohrfeige.
„Ihr werdet die Pfanne und die gesamte Küche schrubben! Und Gnade euch Gott, ich finde einen einzigen schwarzen Fleck!"
Pia steckt ihren Kopf durch die Tür und zeigt lachend mit dem Finger auf mich.
„Ätsch!", sagt sie, greift Mutters Hand und geht mit ihr hinaus.

Sobald Mutter aus der Tür ist, fange ich an zu weinen. Lilli schlingt ihre Arme um mich und schaukelt mich sanft hin und her. Ich versuche ein Lächeln und schaue in ihr freundliches Gesicht. Sofort durchströmt mich ein warmes Gefühl und im Herzen zieht es leicht.

Lilli tippt mit ihrem Finger mitten in die verkohlten Linsen und malt sich damit einen nach unten gebogenen schwarzen Strich auf die Wange, einen traurigen Mund. Dann zeigt sie auf ihre andere Wange, die von Mutters Schlag feuerrot ist, und malt einen nach oben gebogenen Strich, ein Lächeln. Lilli schafft es immer wieder, dass ich lachen muss.

Ich lache selten, weil ich einfach keinen Grund zum Lachen finde. Witze mag ich nicht und Späße finde ich selten lustig.

Nur Lilli bringt mich ganz leicht zum Lachen.

Doch als ich die verkohlte Pfanne und den schwarzen Fußboden sehe, muss ich schon wieder weinen.

„Es ist nur eine Pfanne, du dummes Ding. Wenn sie nicht sauber wird, donnern wir sie in den Müll. Ich schrubbe sie mit Scheuersand und du nimmst dir den Fußboden vor!"

Überall kleben tausende kleine Linsen auf und zwischen den Dielen. Es ist zum Verzweifeln!

„Kippe einen Eimer heißes Spülwasser drauf, dann lösen sie sich", schlägt Lilli vor.

Das funktioniert tatsächlich. Ich schrubbe mit einer Bürste die Lücken zwischen den Brettern und wische den Boden trocken. Später werde ich noch einmal gründlich mit dem Handfeger die Rillen reinigen. Hoffentlich bleibt nichts zurück.

Doch was könnte ich jetzt kochen? Es sind noch Kartoffeln da, Wurst und Eier. Ich werde aus Wurst und Eiern Omeletts backen, dazu eine Scheibe Brot mit Butter. Erleichtert seufze ich, denn das macht nicht viel Arbeit, zumal Vater zum Essen nicht daheim sein wird.

„Wenn ich später Polizist bin, werde ich Mutter verhaften, wenn sie dich noch einmal schlägt."

Erschrocken schaue ich Lilli an. Kinder müssen von ihren Müttern bestraft werden, wenn sie nicht gehorchen oder Fehler machen. Das steht schon in der Bibel.

„Wir sind also Teufelsbrut", sagt sie und kichert dabei. „Das heißt, unsere Mutter ist der Leibhaftige."

Lilli lacht schallend, als sie mein entsetztes Gesicht sieht. Sie reißt die Augen und den Mund auf und zeigt auf mich.

„So siehst du jetzt aus!", ruft sie und macht noch mehr alberne Faxen.

Auch wenn mich Lilli mit ihren Bemerkungen meist schockiert, sie bringt mich zum Lachen. Jetzt zieht sie mit den Fingern ihre Mundwinkel hoch und nickt mir zu. Also stimme ich in ihr

Lachen ein.

„Mutter flucht den ganzen Tag. Sie tut immer so fromm, dabei verstößt von morgens bis abends gegen das zweite Gebot, weil sie ständig Gottes Namen zum Fluchen benutzt."

Im Grunde hat Lilli Recht, doch ich mag ihr nicht zustimmen, weil man so nicht über seine Mutter denken und schon gar nicht reden darf.

*****

Lilli sagt immer ganz unbekümmert genau das, was sie gerade denkt. Das finde ich nicht gut, obwohl ich manchmal ihren Mut bewundere. Ihr macht es nichts aus, dass Mutter sie ganz offensichtlich nicht in ihrer Nähe haben will. Sie ist sogar froh darüber und geht ihr so gut es geht aus dem Weg.

Ich dagegen halte mich immer in Mutters Nähe auf, damit ich höre, wenn sie nach mir ruft und ich sofort das tun kann, was sie von mir ver-langt.

Andererseits wäre ich am liebsten unsichtbar, so dass mich keiner bemerkt oder gar ein Wort an mich richtet, mich etwas fragt, worauf ich antworten muss. Ich weiß nie, was die Leute hören wollen, möchte aber nichts Falsches sagen.

Wenn ich der Mutter nicht helfen muss, lese ich. Beim Lesen tauche ich in fremde Leben ein und vergesse ganz mein eigenes. Auf nichts bin ich so begierig wie auf das, was in den Büchern steht. Ich lese absichtlich langsam. Auf diese Weise kann ich mir alles ganz genau vorstellen, was in der Geschichte passiert. Manchmal verweile ich bei eine Landschaft etwas länger als sie beschrieben wird. Ich will alles ganz genau aufnehmen, spüren, miterleben, darüber nachdenken.

Manchmal schreibe ich ganze Kapitel aus Büchern ab, die mich faszinieren. Sätze, die mir besonders gefallen, mit schönen Worten wie Hingabe, Sonnenblume, Kolibri oder Schönwetterwolke lerne ich auswendig. Ich will sie nicht irgendwann aufsagen, um jemanden zu beeindrucken. Ich will sie im Gedächtnis behalten und mich daran erfreuen. Ich schreibe auch meine Gedanken auf, die ich ohnehin niemandem anvertrauen möchte.

Mein größter Traum ist, einmal eigene Bücher zu besitzen, die ich nicht wieder in der Bibliothek abgeben muss, sondern behalten darf. Ich habe mir sogar schon eine Liste geschrieben mit Titeln, die ich zwar schon gelesen, aber unbedingt kaufen will, wenn ich einmal über Geld dafür verfüge.

*****

„Herrgott nochmal! Beeile dich, du lahme Ente!", flucht Mutter.

Lilli zwinkert mir zu, was Mutter leider sieht und ihr sofort eine Ohrfeige verpasst. Mir ebenfalls. Dass Pia mit dem Finger auf uns zeigt und schadenfroh dabei lacht, hört und sieht die Mutter nicht.

Fast jeden Sonntag fahren wir in die Stadt, um am Gottesdienst teilzunehmen. Ich trage dann immer mein schönes Kleid statt der üblichen Jeans mit einem dunklen Pulli.

Wenn ich die Glocken läuten höre, überkommt mich ein ganz besonders feierliches Gefühl, das sich beim Betreten des Kirchenraumes noch verstärkt. Mutter hält Pia an der Hand und geht immer sofort ganz nach vorn in die Nähe des Altars, während Lilli und ich lieber hinten bei Vater und Lukas bleiben würden. Doch das erlaubt uns Mutter nicht. Wir gehen an den vielen Heiligenfiguren vorbei, den brennenden Kerzen und dem großen Bild mit der schönen Maria bis vor zum prächtig verzierten Altar. Mutter kennt alle Kirchenlieder und singt sie mit, was mich erstaunt, weil sie daheim niemals singt.

Am meisten jedoch beeindruckt mich das Spiel

der Orgel, das zuerst leise beginnt und dann den gesamten Kirchenraum erfüllt. Mich ergreift dann ein ganz seltsames Gefühl, das ich niemals sonst empfinde. Dann scheint mir alles möglich, sogar, mich einfach in die Lüfte zu erheben und davonzufliegen.

Heute geht es in der Predigt um das zweite Gebot. Es ist viel umfangreicher und komplizierter als ich bisher wusste. Man darf den Namen Gottes und auch Maria oder Jesus nicht zum Fluchen und auch nicht zum Schwören benutzen.

Lilli stößt mich mit dem Ellenbogen an und flüstert: „Himmelherrgott nochmal, Jesses Maria!"

Verstohlen schaue ich hinüber zu Mutter, die andächtig der Predigt lauscht. Ihrem Gesicht ist nicht anzusehen, ob sie merkt, dass sie Gottes Namen jeden Tag beim Fluchen benutzt. Das darf sie also gar nicht, denke ich erschrocken. Sofort wird mir heiß bei diesem Gedanken und ich merke, wie meine Wangen brennen.

Der Pfarrer sagt, dass ein guter Christ Gotteslästerung niemals wortlos hinnimmt, sondern jederzeit entschieden die Ehre Gottes verteidigt. Beschämt senke ich den Kopf, weil ich zu feige bin, offen zu widersprechen. Meist widerspreche ich nicht einmal in Gedanken, denn Gott hat die Ordnung geschaffen, in der ich mich zurechtfinden muss.

„Es ist niederträchtig zu schweigen, wenn über abwesende Freunde schlecht gesprochen wird. Noch viel schäbiger ist es zu schweigen, wenn das über Gott geschieht, der doch immer und überall anwesend ist."

Darüber denke ich so intensiv nach, dass ich den Rest der Predigt nicht mehr mitbekomme. Ich merke erst, dass sie vorüber ist, als der Posaunenchor erklingt und das Ende des Gottesdienstes einläutet. Es ist eines meiner Lieblingslieder: Sei geschützt auf allen Wegen. Genau das wünsche ich mir, auf all meinen Wegen geschützt zu sein. Heute spielen gleich vier Posaunen, ein Horn und eine Trompete. Das freut mich, denn ich mag den sanften Klang der Posaune besonders gern, lieber als den recht harten der Trompete.

Nach der Predigt essen wir manchmal in einem Gasthaus zu Mittag, doch meist fahren wir gleich nach Hause. Ich helfe Mutter beim Kochen, während sich Vater und Lukas noch im Ausschank aufhalten. Lukas ist so groß und kräftig wie Vater und bekommt wie die Männer ein Bier, obwohl er erst fünfzehn Jahre alt ist.

*****

Heute fallen zwei Stunden aus. Sport. Das freut mich, denn den Sportunterricht mag ich überhaupt nicht.

Schon die Mädchenumkleide ist mir hochzuwider. Alle kreischen wild durcheinander, springen in Stringtangas umher, erzählen von der *Mens* und anderen Intimitäten.

Beim Sport müssen wir Übungen machen, von denen ich keine einzige mag. Mir leuchtet der Sinn nicht ein, warum ich über einen Bock springen oder über einen Schwebebalken balancieren soll. Noch schlimmer sind für mich die gefährlichen Schwünge am Stufenbarren. Manchmal rennen wir draußen auf dem Sportplatz im Kreis, springen weit oder hoch oder müssen eine Kugel stoßen.

Wie sehr ich mich auch anstrenge, es reicht immer nur für die Note Vier, höchst selten für eine Drei.

Zu allem Übel schwitze ich beim Sport, was mir sehr unangenehm ist. Die anderen Mädchen schwitzen ebenfalls, weshalb es in der Umkleide etwas säuerlich riecht. Dann sprühen sie süßliche Düfte in die Luft und auf die Kleider. Das ist alles recht ekelhaft.

Deshalb freue ich mich, nun zwei Stunden Zeit bis zur Busabfahrt zu haben.

Ich schlendere über den Markt und betrachte das Schaufenster der Buchhandlung, in dem ausschließlich Bücher über Churchill stehen. Ich mag keine Politik und keine Bücher über Politiker. Ich mag Romane über Menschen in fernen Ländern wie Norwegen, Island, China, Kasachstan oder Persien. Eines Tages werde ich in all diese Länder reisen. Das nehme ich mir ganz fest vor. Bis jetzt war ich noch nirgendwo, in keiner anderen Stadt, in keiner anderen Gegend und schon gar nicht in einem anderen Land.

Obwohl ich kein Geld habe, gehe ich hinein. Es ist eine sehr kleine Buchhandlung. Links steht die Händlerin hinter einer niedrigen Theke. Sie ist in ein Buch vertieft und schaut nicht auf, als ich sie grüße. Das verstehe ich gut, denn wenn ich lese, bemerke ich um mich herum ebenfalls nichts und niemanden. Rechts und links an den Wänden stehen hohe Regale, die mit Büchern dicht gefüllt sind. Und in der Mitte liegen sie aufgestapelt auf Tischen.

Vor dem Regal *Reise* bleibe ich stehen. Doch hier gibt es keine Romane, nur Reiseberichte und einige Atlanten. Ich betrachte die Bücher im nächsten Regal und würde am liebsten einige in die Hand nehmen. Doch ich weiß nicht, ob man das darf. Eines der Bücher steht quer, so dass ich das komplette Titelbild sehen kann. Es zeigt den Kopf eines kleinen Mädchens, das schwarze, völlig verfilzte Haare hat und sehr fremdländisch aussieht. *Flucht über den Himalaya* heißt der Titel. Das klingt interessant und ich lese den Klappentext.

„Mütter schicken ihre Kinder über das höchste Gebirge der Welt ins Exil und wissen nicht, ob sie einander jemals wiedersehen. Rund 1000 Kinder aus Tibet fliehen jedes Jahr über die eisigen Pässe des Himalaya und kämpfen gegen Schnee, Hunger und Erschöpfung. Ihr Ziel sind die Schulen des Dalai Lama in Nordindien."

Berühmte Bergsteiger scheitern in diesem Hochgebirge, dessen höchster Gipfel fast neuntausend Meter hoch ist. Diesen gefährlichen Weg lassen Mütter ihre Kinder ganz allein gehen? Ich kann das nicht glauben, schlage das Buch in der Mitte auf und beginne zu lesen. Normalerweise lese ich immer von der ersten bis zur letzten Seite, doch jetzt will ich einfach nur wissen, ob die Kinder tatsächlich ganz allein über schneebedeckte Berge in ein unbekanntes Land laufen.

„Du bist hier nicht in einer Bücherei", höre ich eine strenge Stimme und schaue erschrocken auf.

Vor mir steht die Buchhändlerin. Sie nimmt mir

das Buch aus der Hand und fragt, ob ich es kaufen will.

Beschämt schüttle ich den Kopf. Ich mag ihr nicht sagen, dass ich gar kein Geld habe, doch vielleicht sieht sie mir das ohnehin an.

Eilig drehe ich mich um und laufe zur Tür. Nur schnell hinaus! Da stoße ich mit einem Mann zusammen und murmle eine Entschuldigung, ohne aufzusehen. Der Mann hält mich an den Oberarmen fest und sagt: „Nicht so eilig, Johanna!"

Er kennt mich? Wie peinlich! Etwas ängstlich schaue ich auf. Der Mann ist Christian!

„Warte!", bittet er mich und an die Verkäuferin gewandt: „Ich kaufe das Buch."

Sechzehn Euro, das ist viel Geld. Er lächelt mich an und steckt mir das Buch in meinen Rucksack.

„Viel Spaß beim Lesen!"

Spaßig wird die Geschichte vermutlich nicht sein, wohl eher traurig oder gar grausam, aber ganz sicher interessant. Schon jetzt freue ich mich aufs Lesen.

Habe ich mich überhaupt beim Onkel für das Buch bedankt? Verlegen schaue ich ihn an.

„Hast du Zeit?", fragt er mich.

Ich nicke und sage: „Sport ist ausgefallen."

„Das ist gut." Er lächelt wieder. Sein Mund ist

zwischen dem dichten Bart kaum zu sehen, doch in den Augen blitzt reine Freude. „Es ist zwar nicht gut, wenn der Unterricht ausfällt, aber es ist gut, dass ich dich deshalb hier treffe."

Christian lacht so ansteckend, dass ich erleichtert mitlache.

„Ich lade dich zu einem großen Eisbecher ein, wenn du magst."

Eis! Papa hat Lilli und mir im letzten Jahr eine Kugel Eis spendiert. Ich wählte Schokolade und Lilli Vanille, wir schleckten immer abwechselnd von beiden Sorten. Das war ein ganz besonderer Genuss.

In einem Café habe ich noch nie gesessen und schon gar keinen großen Becher mit Früchten und Sahne geschlemmt. Darf ich solch ein verlockendes Angebot annehmen? Wenn nun Mutter erfährt, dass ich mit Christian in der Stadt gesehen wurde? Dann gibt es Strafe.

Rechtzeitig fällt mir Lillis Spruch ein: „Schläge bekommst du so und so, also kannst du auch machen, was du willst." Lilli kennt Christian und sagte, dass er nett ist. Plötzlich weiß ich, dass mir an seiner Seite nichts Böses geschehen wird.

„Ja, ich mag sehr gern ein Eis", sage ich leise.

Aus den Augenwinkeln sehe ich, wie die Verkäuferin den Kopf schüttelt.

*****

Während wir zur Eisdiele gehen, bemerke ich, wie die Leute Christian ansehen. Die meisten schauen empört, andere fassungslos. Ein Mann beschimpft ihn im Vorbeigehen als Waldschrat. Er sieht mit seinem dichten Bart wirklich zum Fürchten aus.

„Die meisten Leute schließen von Äußerlichkeiten auf den Menschen", beklagt er sich.

Das ist mir vollkommen klar, denn anders geht es nicht. Wenn man den Menschen nicht kennt, kann man ihn zuerst nur nach seinem Äußeren, seiner Kleidung, seiner gesamten Erscheinung beurteilen. Manchmal ändert man sein Urteil, wenn man denjenigen näher kennenlernt, doch oft bleibt es beim ersten Eindruck.

„Warum nimmst du deinen Bart nicht ab, wenn du damit unangenehm auffällst?"

„Der muslimische Mann *muss* einen Bart tragen, schon deshalb, um sich von den Frauen zu unterscheiden."

Ich lächle, weil ich diese Begründung für einen albernen Witz halte.

„Auch von Nichtmuslimen möchten wir uns unterscheiden."

Warum ist es ihm so wichtig, bereits von weitem als Moslem erkannt zu werden? Gibt es etwas, woran man einen Christen erkennt? Ich glaube nicht und möchte das auch gar nicht. Wenn sich Christian von den Christen schon optisch unterscheiden will und sogar seinen Namen änderte, mag er uns nicht, mag er am Ende auch mich nicht. Doch warum ist er dann so freundlich zu mir?

Die Bedienung in der Eisdiele schaut Christian recht argwöhnisch an, als wir uns an einen Tisch im hinteren Teil des Lokals setzen.

Ich bestelle einen Eisbecher mit Vanilleeis, Blaubeeren und Sahne und denke immer noch darüber nach, warum Christian so nett und aufmerksam zu mir ist. Vielleicht will er mich bekehren. Damit er gar nicht erst auf solch einen absurden Gedanken kommt, sage ich: „Ich liebe die Gottesdienste sehr, vor allem das gemeinsame Singen der wunderschönen Kirchenlieder."

Sanft streichelt Christian meinen Arm.

„Beeindruckt dich, wie die Priester in ihren prunkvollen Kleidern feierlich durch die Kirche schreiten?"

Zaghaft nicke ich, denn das sind tatsächlich erhebende Momente, die mir stets eine Gänsehaut verursachen.

„Das sind nur Äußerlichkeiten – genau wie mein Bart. In Wirklichkeit missbrauchen sie den

Namen Gottes mit ihren sonntäglichen Gottesdiensten."

Erschrocken schaue ich den Onkel an und
widerspreche.

„Aber nein! Der Pfarrer verkündet Gottes Wort."

„Woher sollte er Gottes Wort kennen?"

„Aus der Bibel natürlich", antworte ich schlag-
fertig.

Eigentlich wäre keine Antwort nötig, denn jeder
weiß schließlich, dass die Bibel Gottes Wort ist.

„Glaubst du, Gott hat die Bibel geschrieben?"

Darüber habe ich mir noch keine Gedanken gemacht. Doch es ist gleichgültig, wer die Worte
niederschrieb, sie sind wahr und für alle Menschen bindend.

Ich habe keine Lust mehr, mich mit ihm zu
unterhalten. Er provoziert. Er lästert Gott. Er
kommt dafür mit Sicherheit ins Fegefeuer.

„Gott hat die Priester nicht eingesetzt. Außerdem ist es reiner Hochmut zu behaupten, sie
würden Gottes Wort verkünden."

Darauf weiß ich nichts zu sagen. Ich rühre in
meinem Eisbecher. Vorhin hat es noch köstlich
geschmeckt, doch meine bitteren Gedanken zu
Christians Behauptung haben mir den Appetit
verdorben.

„Die Priester tun so, als hätten sie einen Platz
im Himmel sicher, den andere Leute erst müh-
sam verdienen müssen und Ungläubige nie-

mals bekommen."

„Bist du ein Ungläubiger?"; frage ich ängstlich.

„Aber nein! Ich glaube nur nicht das, was die Pfarrer so vorgeben zu glauben."

Christian glaubt also, dass die Geistlichen nicht an das glauben, was sie predigen. Also hält er sie für Lügner. Das ist eine unglaubliche Unterstellung! Am liebsten würde ich jetzt einfach aufstehen und gehen. Doch es wäre schade um das Eis, jammerschade. Außerdem habe ich noch eine volle Stunde Zeit bis zur Busabfahrt.

„Wichtig ist, was der Mensch denkt, denn nur er muss sich vor Gott verantworten. Doch die Kirche sagt dir, was du glauben sollst und drohen mit der Strafe Gottes." Er macht eine Pause, bevor er sagt: „Gott straft nicht. Deine Mutter straft. Gott ist Liebe. Liebt deine Mutter ihre Nächsten?"

Wieso spricht er von Mutter? Was weiß er über sie, da er sie mehr als zehn Jahre nicht mehr gesehen oder gar gesprochen hat?

„Mutter ist sehr fromm", sage ich trotzig.

Mir fallen Mutters Drohungen ein, dass mich Gott strafen wird für meine vielen Fehler. Gott sieht alles und vergisst nichts. Jetzt sieht er, dass ich mit einem Moslem in einer Eisdiele sitze. Dafür wird er mich strafen und Mutter auch.

„In ihren Worten mag sie fromm sein, doch nicht immer in ihren Taten."

Ich sehe ihm an, dass er überlegt, ob er noch mehr sagen will. Doch ich will nichts mehr hören. Mir machen seine Worte Angst. Ich mag nicht über sie nachdenken. Und ich mag nicht an Mutters Worten und denen in der Kirche zweifeln.

Ich weiß, dass Lilli zweifelt. Sie sagt, sie sei hier und Gott irgendwo anders. Getrennt von den Menschen schaut er auf sie herab und schickt ihnen böse Prüfungen. Das findet sie nicht gut. Deshalb mag sie nicht an Gott glauben.

„Die Priester missbrauchen Gottes Namen."

Hilflos und zugleich verärgert schaue ich den Onkel an. Ich verstehe ihn einfach nicht. Und doch fühle ich mich irgendwie zu ihm hingezogen, was ich noch viel weniger verstehe.

„Mir gefällt, dass du so einen festen Glauben hast und selbstsicher dafür eintrittst."

So sieht er mich? Dabei bin ich immer unsicher und habe ständig Angst, etwas Falsches zu sagen oder einen Fehler zu machen.

„Aber ich glaube an andere Dinge als du", sage ich leise.

Christian nickt, als ob das völlig in Ordnung ist. Er tut so, als ob ich selbst völlig in Ordnung bin, dass überhaupt alles in Ordnung ist.

„Jeder sollte seinen eigenen Glauben haben und nicht das glauben, was die Anderen von ihm erwarten."

Solche Worte hat noch niemand zu mir gesagt. Ganz im Gegenteil. Mir wurde beigebracht, dass nur das gut und richtig ist, was die Eltern und Lehrer für richtig halten. Eine Frage bringt nur Ärger, weshalb ich all meine Fragen und Gedanken nur noch meinen Heften anvertraue.

„Weißt du, das eigene Gewissen muss über der Kirche stehen. Den Glauben darf dir niemand vorschreiben."

Erstaunt schaue ich ihn an, denn das erscheint mir nun ganz und gar unwahrscheinlich.

„Du hast so unschuldige Augen, wie man sie sonst nur bei sehr kleinen Kindern sieht. Weißt du das?"

Meine Augen sind blau. Aber unschuldig?

Wieder legt er seine Hand auf meinen Arm und lacht.

Manche Leute lachen derart laut, dass man nicht mitlachen kann. Andere wiederum kichern leise und fast so, als schämen sie sich dafür. Einige lachen gehässig, hämisch - Christian lacht genau wie Lilli. Man kann nicht anders, als in ihr Lachen einzustimmen.

Ich fühle mich sicher in seiner Nähe, behütet.

Nur Abdi mag ihn nicht nennen, weil das so fremd klingt. Eigentlich ist mir auch Christian fremd. Ich kenne ihn gar nicht und weiß nicht, ob ich ihn näher kennenlernen möchte. Doch darüber muss ich mir keine Gedanken machen, denn der Kontakt mit ihm ist mir verboten und ich werde künftig besser aufpassen, damit ich ihm nicht wieder versehentlich in die Arme laufe.

3. Gebot:
Du sollst die Feiertage ehren!

Seit diesem Sommer lernen Lukas und ich einen Beruf. Die Ausbildung dauert jeweils drei Jahre. Mein Bruder will Bodenleger werden und benötigt dafür nur den Hauptschulabschluss. Ich dagegen musste ein gutes Zeugnis der zehnten Klasse vorlegen, um für die Schwesternschule zugelassen zu werden.

Heute heißt der Beruf nicht mehr Krankenschwester, sondern Gesundheits- und Krankenpflegerin. Mein Lehrgeld ist fast so hoch wie das von Lilli, Lukas bekommt nur etwa die Hälfte, obwohl er bei seiner Arbeit härter zupacken muss als Lilli und ich zusammen.

Eigentlich ist Lukas viel klüger als ich. Doch seit er in der dritten Klasse verkündete, er würde

Anstreicher werden wie sein Vater, hielten ihn alle Lehrer für dumm. Er konnte machen, was er wollte, seine Noten reichten nur für die Hauptschule. Ihn störte das nicht. Er sagte nur: „Man muss die Leute denken lassen, was sie ohnehin denken". Außerdem brauchte er für seine Lehre keinen Realschulabschluss und schon gar kein Abitur.

Ich weiß, wie wichtig Krankenpflege und selbstlose Hilfe ist. Ich weiß nur nicht, ob ich einen Beruf ausüben und ertragen kann, bei dem ich ständig unter vielen Menschen bin und diese Menschen sogar ständig anfassen muss.
Der Schulbesuch fiel mir schwer genug, nicht die Theorie, doch die Stunden im Klassenzimmer zwischen all den vielen Kindern fand ich vom ersten Schultag an unerträglich. Es gab keine Möglichkeit, auch nur wenige Minuten allein zu sein. Immer war um mich herum zu viel Lärm und zu viel körperliche Nähe. Manchmal glaubte ich, zwischen all den Menschen zu ersticken.
Immerzu wurde man von Lehrern und Mitschülern irgend etwas gefragt und keiner war mit meiner Antwort wirklich zufrieden. Das hat mich irritiert und irgendwann habe ich aufgehört zu reden und werde seitdem nichts mehr gefragt. Ich bin es gewöhnt, abseits zu bleiben, obwohl

ich manchmal etwas erzählen möchte, was ich gelesen habe. Doch ich weiß nicht mehr, wie man das macht, dass andere zuhören.

Lilli weiß das. Sie fängt einfach an zu reden und schon ist sie von anderen Kindern umringt. Auch ich höre ihr gern zu, weil man ihr jedes Wort und jedes Gefühl direkt im Gesicht ansieht und sie sogar mit den Händen erzählen kann.
Auch Papa kann das. Daheim ist er so still wie Lukas und ich. Doch ich habe ihn einmal im Ausschank gesehen. Dort ging es laut zu. Ich sah kein einziges Kind und auch keine Frau, nur Männer. Vater erzählte laut und gestikulierte lebhaft dazu. Ich stand in der Tür und wagte mich keinen Schritt näher, denn dieser Mann, der so laut sprach, dem alle lauschten und der am Ende am lautesten lachte, war mir völlig fremd.

Eigentlich wollte ich Laborantin werden und im Krankenhauslabor Blut- und Gewebeproben auf Krankheitserreger untersuchen. Dort hätte ich einen eigenen Arbeitstisch und könnte mich in Ruhe auf die Analysen konzentrieren. Es gäbe keinen Lärm, keine Enge, keine umhereilenden Menschen, keine körperlichen Berührungen.
Doch Mutter meldete mich in der Evangelischen Schwesternschule in der Stadt an, weil

mehr Lehrgeld als im Labor gezahlt wird. So lange ich die Beine unter ihren Tisch stecke, habe ich die Eltern körperlich und finanziell zu unterstützen. Das Argument leuchtet mir ein. Doch was ist mit Lukas?

„Lukas wohnt auch daheim und bekommt noch weniger Lehrgeld als eine Laborantin", wagte ich zu sagen.

Diese Bemerkung brachte mir sofort eine Ohrfeige ein.

„Es geht dich zwar nichts an, doch Lukas wird bei Vaters Eltern wohnen, weshalb es endlich einen Esser weniger im Haus gibt."

Mutter will ihre Kinder aus dem Haus haben. Nur Pia soll bei ihr bleiben und ich werde als Hilfe in Stall und Küche gebraucht. So sieht es aus.

*****

Vaters Eltern haben außerhalb unserer Gemeinde einen Laden für Farben, Tapeten und Zubehör, wo auch der Vater arbeitet. Der Service soll künftig auf Laminat und Teppiche erweitert werden, weshalb Lukas Bodenleger lernt. Vater hat keine Geschwister, so dass bereits heute feststeht, dass er das Geschäft seiner Eltern übernimmt und später an Lukas weitergeben wird.

Lukas fühlt sich wohl bei den Großeltern. Der Tag beginnt bei ihnen mit einem gemeinsamen Frühstück für alle Mitarbeiter an einem großen Tisch. Alle richten sich nach Omas Anweisungen, obwohl sie nicht einfach anordnet, was zu tun ist. Sie fragt zum Beispiel ihren Sohn, ob es ihm heute zeitlich passt, bei diesem oder jenem Kunden die Räume auszumessen, die sich im Geschäft Tapeten ausgesucht hatten. Sie erkundigt sich, ob ihm Lukas helfen oder ob er die soeben gelieferten Farben einsortieren soll. Niemals wirkt ihre Anordnung wie ein Befehl, weshalb wohl keiner auf die Idee kommt, sich zu widersetzen oder vor irgendeiner Arbeit zu drücken.

„Es ist seltsam", vertraut mir Lukas an. „An Tagen, an denen ich keine Schule habe, sondern von früh bis spät arbeite, fühle ich mich am wohlsten. Ich fühle mich durch nichts und niemanden eingeschränkt. Das stundenlange Ausmessen und Bodenlegen verschafft mir eine tiefe Befriedigung."

Am liebsten würde ich Lukas jetzt umarmen, weil ich mich so für ihn freue, doch irgendwie kann ich das nicht. Lilli kann das. Sie packt mich manchmal ganz ohne jeden Grund und schlingt ihre Arme um meine Schultern.

„Am schönsten ist, wenn ich mit Vater zusammen arbeite."

Das kann ich mir gut vorstellen, denn Lukas und Vater sind sich ähnlich wie zwei Brüder, sie verstehen sich auch ohne Worte. Sie reden beide nicht viel, doch immer pfeifen sie eine Melodie vor sich hin, wenn sie gemeinsam in der Werkstatt arbeiten.

Jungs müssen ständig etwas bauen, um sich daran zu erfreuen oder es gleich wieder zu zerstören. Sie schrauben ständig an Autos und Fahrrädern herum, als ob diese täglich kaputt gehen und repariert werden müssen. Manche Jungs bauen Schiffe oder Flugzeuge, obwohl der Mensch nicht auf das Wasser oder in die Luft gehört, sondern auf die Erde.
Ich habe keinerlei handwerkliche Begabungen und das Basteln immer gehasst. Auch das Stricken oder Nähen macht mir keine Freude – nur das Lesen und Schreiben. Ich schreibe alles auf, was mir so durch den Kopf geht und was ich jeden Tag erlebe.

*****

„Kennst du das dritte Gebot nicht?", faucht Mutter und kommt bedrohlich näher.
Gleich wird sie mir mit ihren harten Fingerknöcheln auf die Brust oder auf den Kopf klopfen.

Deshalb trete ich schnell einen Schritt zurück und wende mich zur Tür.

„Schau mich gefälligst an, wenn ich mit dir rede!", herrscht sie mich an.

Doch ich fürchte ihren strengen Blick, vor dem ich am liebsten in die Knie sinken würde. Gleichzeitig packt mich Zorn auf meine eigene Mutter, wofür ich mich sofort schäme. Denn man soll die Eltern achten und ehren – genauso wie es im vierten Gebot steht.

Es ist das vierte Gebot, das ich manchmal stundenlang beten musste, wenn sich Mutter über mich ärgerte und in die finstere und sehr enge Gerümpelkammer sperrte. Dort verstand ich, dass zwar jede Stunde aus sechzig Minuten besteht und trotzdem die Stunden verschieden lang sind. Beim Lesen verflog jede Stunde wie im Flug, doch hier in der Kammer blieb die Zeit einfach stehen. Ich fürchtete mich im Dunkeln. Doch wenn ich leise weinte, schlug Mutter von außen gegen die Tür und schrie: „Ich höre nichts! Bete lauter!"

Einmal hatte ich vom vielen Beten sogar eine Kehlkopfentzündung, bei der mir viele Wochen der Hals furchtbar weh tat und ich kaum schlucken und nur heiser flüstern konnte.

„Du wirst die Sonntage ehren wie es sich gehört! Hast du mich verstanden?"

Ich nicke.

„Dein Platz ist neben mir im Kirchgestühl."

Wieder nicke ich.

„Antworte gefälligst!", befiehlt sie.

Doch ich kann nicht antworten, denn wenn ich Mutter widerspreche, sperrt sie mich in die Kammer und ich muss stundenlang beten, dass ich die Eltern achten soll. In meiner Hilflosigkeit fange ich an zu weinen. Sofort verpasst sie mir eine schallende Ohrfeige.

„Nun hast du wenigstens einen Grund zum heulen, du Nichtsnutz!"

„Ein guter Christ arbeitet nicht an Sonn- und Feiertagen", belehrt sie mich.

Ich weiß das. Doch die Kranken müssen auch an den Wochenenden versorgt werden.

„Als Laborantin hätte ich an den Wochenenden frei", werfe ich ein und erhalte dafür einen kräftigen Schlag ins Gesicht.

„Du freches Gör!", schnauzt Mutter. „Du wirst mir gehorchen und damit basta!"

Was soll ich nur tun? Mutter erwartet Gehorsam und das Krankenhaus meine Arbeitskraft. Wie ich es auch drehe und wende: Ich verstoße gegen das dritte oder gegen das vierte Gebot. Da das dritte vor dem vierten steht, ist es wohl wichtiger. Doch die Stationsschwester ist ebenso streng wie Mutter und hat mich für Samstag und Sonntag zum Frühdienst eingeteilt.

Warum wählt sie nicht die Konfessionslosen oder Andersgläubigen, die es reichlich gibt, obwohl ich in einer evangelischen Schwesternschule lerne?

Lilli fällt mir ein. Sie sagt, dass ich meinem Herzen folgen soll, weil mich Mutter so und so prügelt. Auch Lilli ist oft zum Wochenenddienst eingeteilt, doch sie wohnt weit weg und erzählt es nicht. Deshalb kann sie leicht gute Ratschläge erteilen.

Auch ich möchte nicht auf den Sonntagsgottesdienst verzichten. Die Sonntage in der Kirche sind immer etwas Besonderes. Nichts ist wie im normalen Alltag und jeder spürt eine geradezu festliche Stimmung. Im Saal brennen Kerzen, auch in der Gebetsnische mit dem Marienbild. Mutter kniet immer lange davor und betet.

Nach dem Gottesdienst essen wir in einem Lokal. Oder es gibt bei uns daheim einen Braten zum Mittag, die einzige Fleischmahlzeit der Woche. Wir decken den Tisch in der guten Stube mit dem Sonntagsgeschirr und Servietten aus Stoff. Und es gibt für alle einen Schluck Wein aus Kristallgläsern.

Ich mag die Sonntage sehr.

*****

Am nächsten Morgen fällt mir im Eingangs-
bereich der Klinik das Hinweisschild für die
Seelsorge auf. Warum bin ich nicht gleich
darauf gekommen, dass mir die Seelsorger
helfen könnten? Sie stehen nicht nur den
Patienten, sondern auch den Mitarbeitern zur
Verfügung.

Gleich in der Pause suche ich das Sprechzim-
mer auf.

„Guten Tag. Ich bin Schwesternschülerin Johanna und brauche Ihren Rat."

„Setz dich doch!", fordert mich eine Frau
mittleren Alters auf und zeigt auf den Stuhl.

Sie sitzt nicht hinter einem großen Schreibtisch,
sondern direkt neben mir, schaut mich an und
erkundigt sich freundlich: „Was bedrückt dich?"

„Ich soll am Sonntag arbeiten. Doch meine
Mutter erlaubt das nicht, weil uns Christen das
verboten ist."

„Das ist tatsächlich ein Problem", stimmt mir die
Frau zu. „Doch dafür gibt es eine recht einfache
Lösung."

Erleichtert seufze ich.

„Das 3. Gebot besagt, dass man am siebenten
Tag jegliche Arbeit ruhen lassen soll, um Gott
zu heiligen."

Ich nicke.

„Eigentlich wäre es der Samstag, doch bei uns hat sich irgendwann der Sonntag eingebürgert."

Erstaunt schaue ich die Frau an. Davon hat der Pfarrer noch nie gesprochen. Doch eigentlich spielt das keine Rolle, denn ich bin auch für Samstag zum Wochenenddienst eingeteilt.

„Mutter erwartet, dass ich am Sonntag mit ihr den Gottesdienst besuche. Aber das geht nicht, wenn ich arbeiten muss."

„Sag deiner Mutter, dass dieses Gebot für die Menschen erdacht wurde und nicht der Mensch für das Gebot. Das heißt, wenn es wichtig ist wie deine Arbeit hier im Krankenhaus, darfst du an einem Sonntag arbeiten."

„Wirklich?"

Die Frau nickt.

„Du musst nicht jeden Sonntag Dienst tun und beten kannst du nach Dienstschluss auch daheim."

Das stimmt. Wir beten vor dem Abendessen und vor dem Schlafen. Ich mag dieses ruhige Besinnen, Lilli dagegen hasst jede Tradition, vor allem die, die mit Kirche und Religion zu tun haben.

Ich freue mich, dass mein Dienst am Sonntag keine schlimmen Folgen haben wird. Doch es wird nicht leicht sein, Mutter davon zu überzeugen.

4. Gebot:
Du sollst deine Eltern achten!

„Ab sofort sind alles Sachen aus Plastik verboten!", verkündet Pia am Esstisch.

Hätte ich während der Mahlzeit etwas gesagt, hieße es sofort: „Halt den Mund! Bei Tisch wird nicht gesprochen." Doch Pia darf das.

„So ein Unsinn!", sagt Vater und schüttelt den Kopf.

„Die Lehrerin hat gesagt, wir sollen vier Wochen lang auf Plastik verzichten."

„Wenn es die Lehrerin sagt, musst du es wohl versuchen. Ich gehe nicht mehr zur Schule und muss mir diesen Unsinn nicht antun."

„Doch! Wir sollen das alle machen! Die ganze Familie!", schreit Pia aufgebracht und tritt mit dem Fuß gegen das Tischbein.

„Schade, dass es kein elftes Gebot gibt", mischt sich Lukas ein.

„Elftes? Was denn für ein elftes?"

„Es würde heißen: Du sollst nicht so blöd sein!"

Lukas hat Glück, dass ich zwischen ihm und Mutter sitze, sonst hätte sie ihn sofort ihre harten Fingerknöchel spüren lassen. Vater lacht, erkundigt sich aber versöhnlich, wie das funktionieren soll.

„Ganz einfach!", erklärt Pia stolz. „Weil wir unser Gemüse aus dem Garten holen."

„Was hat denn unser Gemüse damit zu tun?"

„Wir sparen Verpackung."

„Verpackungen sind das allerkleinste Problem."

„Das ist nicht wahr!", schreit Pia. „Die Verpackung ist das Schlimmste überhaupt."

Vater steht auf und beendet somit unsere Mahlzeit. Auch Lukas erhebt sich und schiebt seinen Stuhl zurück, was ein lautes Ratzen auf dem Boden verursacht. Mutter schaut ihn strafend an, doch Lukas zuckt nur mit der Schulter, während ich mich erschrocken ducke. Im gleichen Moment pocht Mutter mit ihrem Knöchel gegen meinen Arm.

„Duck dich nicht! Räum lieber den Tisch ab!"

Sofort springe ich auf, wobei mein Stuhl nach hinten kippt und polternd auf dem Boden landet. Obwohl ich ihn sofort aufhebe, schimpft Mutter: „Du Nichtsnutz! Zu nichts bist du zu gebrauchen! Zu gar nichts!"

Lukas verschränkt seine Arme und schaut sich im Raum um.

„Die hässliche Plastiktischdecke müsstet ihr entsorgen und stattdessen eine aus Stoff auflegen", verkündet er. „Die Kaffeemaschine besteht zum großen Teil aus Plastik, der Wasserkocher, die Kehrschaufel, Knöpfe am Herd." Er lacht. „Es ist jammerschade, dass wir den

Kohleofen nicht mehr haben." Lukas dreht sich langsam im Kreis und taxiert die gesamte Küche. „Unsere Lichtschalter und sämtliche Stecker sind aus Plastik, also gibt es auch kein Fernsehen, kein Telefon..."

„Halt den Mund!", befiehlt Mutter.

Pia kreischt: „Ich will aber fernsehen!"

Lukas lacht lauter. „Als erstes werfe ich deine hässlichen japanischen Puppen in den Müll. Ach nein! Die Tonnen sind aus Plastik."

„Raus!", schreit Mutter. „Sofort!"

Doch Lukas bleibt stehen und stemmt die Hände in die Hüften.

„Soll ich noch mehr aufzählen?"

Inzwischen ist Mutter aufgestanden, packt ihn an den Haaren, zerrt ihn zur Kammer und sperrt ihn hinein. Zweimal dreht sie den Schlüssel um, bevor sie ihn abzieht und in ihre Schürzentasche steckt.

„Du wirst jetzt um Vergebung bitten, weil du gegen das vierte Gebot verstoßen hast!", bestimmt sie streng. „Wie lautet dieses Gebot?"

Mutter lauscht, doch Lukas bleibt still. Ich halte mir vor Schreck die Hand vor den Mund, weil sich mein Bruder so offen widersetzt.

„Ich höre nichts! Bete lauter!"

„Da kannst du lange warten!", antwortet Lukas und tritt mit dem Fuß gegen die Tür.

In diesem Moment kommt Vater herein.

„Wo bleibt Lukas? Ich brauche ihn."

Mutter geht wortlos aus dem Haus und wirft mir vorher noch einen strengen Blick zu. Ich weiß, dass ich nicht sagen soll, wo Lukas ist. Pia hüpft lachend an mir vorbei und zieht dabei an meinem Pulli.

Wieder tritt Lukas von innen gegen die Tür und ruft: „Vater! Hier bin ich! Eingesperrt!"

Vater rüttelt an der Klinke, doch die Tür lässt sich nicht öffnen, sie ist versperrt und es steckt kein Schlüssel im Schloss. Wütend läuft er nach draußen und ruft nach der Mutter.

Ich höre die Eltern streiten, doch die Worte verstehe ich nicht. Dann reißt Vater die Tür auf. Er hält den Kammerschlüssel in der Hand und befreit Lukas.

„Musst du deine Mutter provozieren?"

„Muss sie immer gleich prügeln?"

Vater gibt Lukas einen leichten Klaps auf die Schulter. Dann gehen beide einträchtig nebeneinander davon. Sie mögen sich, das ist deutlich zu sehen. Von hinten wirken sie wie Brüder: beide gleich groß und schlank mit dunklen glatten Haaren. Und beide wiegen sich beim Gehen wie Seeleute hin und her.

Ich sorge mich um Lukas, weil er der Mutter so oft widerspricht. Genau wie Lilli. Doch Lilli ist weit weg. Ich weiß nur nicht, ob die Entfernung sie schützt. Denn Gott sieht alles und vergisst nichts. Das hat Mutter oft genug gesagt. Und sie sagt auch, dass man den Eltern immer gehorchen muss, keine Widerworte geben darf. Man muss sie ehren, das verlangt das vierte Gebot.

5. Gebot:
Du sollst nicht töten!

Lukas zeichnet. Ich kennen niemanden, der so schnell und so gut zeichnet wie er. Er nimmt einen Kohlestift und nur wenige Sekunden später erkennt man einzelne Menschen, einen Baum, Pferdekopf oder Häuser. Häuser zeichnet er am liebsten. Unser Haus hat er von jeder Seite und in jeder Jahreszeit auf dickes Papier gemalt. Obwohl alle Striche schwarz sind, erkennt man Blumen und meint, sie farbig zu sehen. Mir hat er ein Bild geschenkt, auf dem unsere Katzen zu sehen sind. Alle drei: die schwarze, die gefleckte und meine schöne getigerte Lieblingskatze.
Sofort steigen mir die Tränen in die Augen, weil Miezi nicht mehr lebt. Mutter hat sie erschlagen, weil sie ein Küken getötet hat. Man darf nicht töten, weil das gegen das 5. Gebot verstößt. Und meine Miezi hat getötet. Das hat sie vorher noch nie getan, sondern immer Mäuse

81

gefangen, von denen es im Schuppen und auf dem Feld recht viele gibt.

Das Küken sollte noch drei Monate wachsen, bevor es Mutter schlachten und kochen oder verkaufen wollte. Nun fehlt uns diese wichtige Einnahme.

Trotzig wische ich mir die Tränen aus dem Gesicht, denn Miezi hatte sicher nur Hunger und Mutter hätte das Küken ohnehin geschlachtet. Sie darf Küken töten, die Katze nicht.

Ich glaube sowieso, dass das 5. Gebot nur für Menschen gilt. Menschen dürfen keine Menschen töten. Es sei denn in Notwehr oder im Krieg. Oder Andersgläubige wie im Alten Testament beschrieben.

Mutter sagt oft, dass sie mich oder Lilli erschlagen wird, wenn wir ihr nicht zu Willen sind. Ich bin mir sicher, dass sie das nicht darf und auch niemals tun wird. Es ist nur eine ihrer Redensarten, die mir Angst machen soll.

*****

Ich bin allein. Es ist absolut ruhig im Haus. Ich misstraue der Ruhe, die ich heute seltsamerweise als bedrohlich empfinde wie die Ruhe vor dem Sturm. Dabei gibt es keinen Grund zur Sorge, denn den Abwasch habe ich erledigt, die Küche gefegt und Bärenklau für die Hasen gepflückt.

Mir geht die Geschichte nicht aus dem Kopf, die ich gerade lese. Darin verliert Amal, eine junge Palästinenserin, ihre gesamte Familie, als Zionisten ihr Elternhaus zerbomben. Ich weiß, dass im Krieg das Töten erlaubt ist. Doch weder Amal noch ihr kleiner Bruder, ihre Oma, die beiden Tanten und das Baby haben etwas getan, das das Töten gerechtfertigt hätte. Es war Mord, die reine Lust am Töten.

Zur Erntezeit findet sich alle Leute aus Amals Dorf zusammen. Sie helfen einander. Doch regelmäßig kommen genau zu dieser Zeit israelischen Panzer, zerstören die Ernte und schießen auf die Menschen.

Amal verliebt sich in einen jungen Palästinenser, der einer Widerstandsbewegung angehört. Deshalb gilt sie als Terrorist und landet im Gefängnis.

Ich verstehe nicht, dass Gott so viel Leid zulässt. Natürlich werden sich die Mörder eines Tages vor dem Hohen Gericht verantworten müssen, doch warum müssen Unschuldige wie Amal und ihre Familie dieses Morden ertragen?

*****

Ich schreibe alle meine Gedanken auf. Das

Schreiben hilft mir, meine Gedanken zu sortieren, zu ordnen und alles besser zu verstehen. Ich habe schon viele Hefte vollgeschrieben. Sobald ich mein Heft aufschlage, schreibe ich ohne nachzudenken, die Worte formen sich wie von allein zu Sätzen. Schreiben ist besser als Reden.

Lilli hat mich dafür immer ausgelacht. Sie redet lieber. Sie mag die Stille nicht, sie mag Musik. Mich stört Musik. Dabei ist es gleichgültig, welche Art Musik ich hören muss, denn freiwillig setze ich mich keiner Musik aus.

Auch darüber schreibe ich, dass Lilli so ganz anders ist als ich. Wir sind Schwestern und doch komplett gegensätzlich.

Ich versuche, so normal und unauffällig wie möglich zu sein, Lilli dagegen will auffallen. Sie sagt, normal sei langweilig. Sie will niemals normal sein, auch nicht, wenn sie alt und grau geworden ist. Dann färbt sie ihre Haare grün und trägt bunte Leggins.

„Ich will die ganze Welt kennenlernen, damit ich weiß, wo ich einmal leben will", sagt sie.

„Ich muss nirgendwo hin. Ich weiß auch so, dass ich hier leben will, weil ich die Hügel mag, den See, den Fluss."

„Anderswo gibt es auch Hügel und Flüsse. Die sind überall gleich. Nur Männer sind überall anders. Und diese Unterschiede will ich ganz genau studieren."

Kann man Männer studieren? Ich will einmal nur einen einzigen Mann kennenlernen, mit dem ich dann zusammen lebe, Kinder habe. Der Gedanke daran lässt mich träumen und gleichzeitig vor Verlegenheit rot werden.

Auch dafür lacht mich Lilli aus.

6. Gebot:
Du sollst nicht ehebrechen!

Wie wenig wir Menschen doch voneinander wissen, am wenigsten wohl von denen, die wir glauben, am besten zu kennen. Darüber denke ich nach, kann nicht einschlafen und starre an die Decke. Es ist absolut still im Haus. Vermutlich schlafen alle.

Plötzlich höre ich Mutter ärgerlich schimpfen. Unsere Wände sind so dünn, dass ich jedes Wort deutlich verstehe.

„Lass mich in Ruhe! Deine Schweinereien will ich nicht."

„Christine", beschwichtigt sie Vater leise. „Du weißt selbst, dass Sex ein natürliches Bedürfnis ist."

„Ist es nicht!", sagt Mutter lauter.

„Du solltest es besser wissen", höre ich Vater

antworten.

Es klingt vorwurfsvoll.

„Sex ist nur erlaubt, um Kinder zu zeugen."

Vater lacht, doch es klingt eher zornig als fröhlich.

„Nein, meine Liebe, mit Sex schützt man das Glück der Ehe."

„Glück?", schreit Mutter. Es klingt verächtlich.

„Die Ehe ist Pflicht und hat mit Glück nichts zu tun."

Jetzt höre ich feste Schritte, die ganz sicher von Vater stammen. Er läuft gern hin und her, wenn er ein Problem hat. So kann er besser denken, hat er mir erklärt.

„Dein Glück ist, dass ich dich geheiratet habe und mich um deine...", er macht eine Pause. Dann sagt er so leise, dass ich es kaum verstehe: „Um die Kinder kümmere."

Nach einigen schweren Tritten auf der Treppe ist es wieder still. Vater wird sich ein Bier holen und dann draußen auf dem Hof weiter hin und her laufen. Das macht er immer, wenn es Streit mit Mutter gibt. Doch was meint er damit, es sei Mutters Glück, dass er sie geheiratet habe? War es nicht auch sein Glück? Ist er jetzt nicht mehr glücklich, weil sie ihn so oft anschreit? Und weshalb ist es ihr Glück, dass er sich um uns Kinder kümmert? Machen wir ihm keine Freude? Sicher liebt er Lukas mehr als seine

Töchter, doch das ist wohl normal bei einem Mann. Mit Lukas kann er bauen und werkeln und sich über andere Dinge unterhalten als mit Mädchen, über Männersachen eben.

Dass meine Eltern noch immer miteinander schlafen, schockiert mich. Daran hätte ich im Leben nie gedacht. Ich glaubte … Was glaubte ich eigentlich? Dass Beischlaf zum Kinderzeugen nötig ist, das habe ich geglaubt. Doch meine Eltern haben bereits vier Kinder. Vater sagte, Sex sei wichtig für das Glück in der Ehe. Ich finde das eklig und kann Mutter verstehen.

Lilli sieht das anders, das weiß ich. Sie hält Sex für reines Vergnügen und lacht mich aus, weil ich bis zur Hochzeitsnacht damit warten will. Natürlich weiß ich, dass das für viele altmodisch klingt. Doch ich will keinen Mann, der wie Lilli oder Vater Sex als Vergnügen sieht.

Solche Gedanken sind mir vor mir selbst peinlich. Zu allem Übel sehe ich deutlich das Bild eines Jungen vor mir. Hannes. Ob wohl Hannes der Richtige für mich ist? Er strahlt wie Vater Ruhe aus, was mir sehr gut gefällt. Ich möchte ihn gern näher kennenlernen, weiß aber nicht, wie ich das anstellen soll. Letzte Woche hätte ich dazu Gelegenheit gehabt, als ich auf den Bus wartete. Er fuhr mit seinem Moped vorbei, drehte einen Kreis und hielt schließlich direkt neben mir.

„Soll ich dich nach Hause fahren?", fragte er keck.

Natürlich lehnte ich ab und wurde puterrot dabei. Die anderen Leute im Wartehäuschen lachten, was mir sehr unangenehm war.

Eigentlich weiß ich nur, dass er Hannes heißt und unglaublich gut aussieht. Er ist recht groß, hat breite Schultern, dunkle Augen und schwarze Locken. Immer, wenn wir uns treffen, lacht er mich an. Leider treffen wir uns nur selten, meist montags, wenn ich von der Schule nach Hause fahre.

Ich stelle mir vor, dass er mich noch einmal anspricht und ich einfach mit ihm gehe, einfach durch die Stadt oder den Park. Ich würde ihn fragen, was er so macht, was ihm gefällt und vieles mehr. Das stelle ich mir wunderschön vor. Doch es ist nur ein alberner Traum.

Lilli sagt immer, dass man nicht von seinem Glück träumen darf, man muss es beim Schopfe packen und festhalten. Lilli kann das. Sie würde Hannes zuwinken, einfach zu ihm gehen und in ein Gespräch verwickeln. Doch ich bin nicht Lilli.

Ich bin schüchtern.

Jetzt liege ich in meinem Bett, denke an Hannes und lausche in die Nacht.

Als ich endlich Vaters Schritte zurück ins Haus und die Tür zur Schlafstube schließen höre, schalte ich meine Nachtlampe an und schreibe alle meine Gedanken in ein Heft. Das ist so, als würde ich mich jemandem wie Lilli anvertrauen und um Rat fragen. Dann fallen mir viele Antworten ein, die ich ebenfalls aufschreibe und darüber nachdenke, bis ich endlich einschlafen kann.

*****

„Kommt sofort alle her!", schallt Mutters Stimme durchs Haus.
Sofort springe ich auf, lasse meine Hefte und Bücher so liegen wie sie liegen und laufe eilig die Treppen hinunter. Ich will auf keinen Fall die Letzte sein, denn wer als Letzter zur Tür herein kommt, erhält zur Strafe von Mutter eine Kopfnuss. Heute bin ich nicht die Letzte, heute bin ich die Erste.
„Du holst den Vater!", befiehlt Mutter.
„Den Vater?", frage ich überrascht.
„Los!", kommandiert sie und zeigt mit der Hand auf die Haustür. „Er ist im Schuppen."
Es ist noch eine volle Stunde Zeit bis zum Abendessen. Ich überlege, weshalb uns die Mutter so früh ruft, kann mir aber keinen Reim darauf machen.

Obwohl heute Sonntag ist, hockt der Vater im Schuppen zwischen seinen vielen Farbeimern und schaut versonnen in sie hinein. Mich durchströmt ein warmes Gefühl. Vater spricht kaum, doch er verbreitet eine ruhige Gelassenheit, die ich als sehr angenehm empfinde. Ich fühle mich wohl in seiner Nähe, obwohl ich sie höchst selten genießen kann. Tagsüber ist er unterwegs und streicht oder tapeziert die Wände seiner Kunden und am Abend schaut er fern, während ich meist oben in meinem Zimmer lese.

Plötzlich erstarre ich. Denn ganz hinten vor der Wand steht ein Pferd! Es bewegt sich nicht, trotzdem fürchte ich mich vor dem großen Tier. Pia wünscht sich seit Jahren ein Pferd. Obwohl Mutter ihr jeden Wunsch erfüllt, ein Pferd darf sie nicht haben.

„Wir haben keinen Platz für einen zusätzlichen Fresser!", argumentiert Mutter.

„Aber es könnte draußen auf der Wiese Gras fressen", schlägt Pia vor.

Und jetzt steht ein braun-weiß geschecktes Pferd in Vaters Schuppen zwischen all den vielen Farbeimern. Ein Pferd braucht Stroh, doch ich sehe keines.

Vater schaut auf und lächelt.

Ich zeige auf das Pferd und frage: „Ein Geheimnis?"

Er nickt und zeigt mit dem Arm auf das Tier.

„Geh nur! Schau es dir an!"

Anfassen werde ich es nicht! Langsam und vorsichtig mache ich einen kleinen Schritt auf das Pferd zu und stoße dabei mit dem Fuß an einen Eimer, der scheppernd umfällt. Erschrocken zucke ich zusammen, doch das Tier scheut nicht. Nur seine Augen schauen mich ängstlich an, als ob es gleich fliehen will. Schnell trete ich einen Schritt zur Seite und gebe damit die Tür frei.

Vater lacht. Er lacht laut und wirft dabei seinen Kopf in den Nacken. Auch das erschreckt das Pferd nicht. Es wiehert nicht, bewegt sich nicht einmal.

„Geh nur näher!", fordert er mich auf. „Es beißt nicht und schlägt auch nicht aus."

Nicht? Pferde sind Fluchttiere und sehr scheu. Vielleicht ist es ein sehr altes und lärmerfahrenes Tier. Langsam setze ich einen Fuß nach dem anderen näher an das Pferd und auf einmal wird mir klar, dass es kein echtes Pferd ist. Es ist gemalt! Lebensgroß und lebensecht.

„Oh! Das ist wunderschön! Wunderwunderschön!", rufe ich aus.

Wieder nickt er und sagt: „Ich weiß." Er streicht mir über den Kopf. „Warum bist du hier?"

„Die Mutter lässt dich rufen", fällt mir wieder ein.

„Sie ist verärgert."

„Natürlich."

„Du sollst kommen. Schnell!"

„Natürlich", wiederholt er, legt mir den Arm um die Schulter und führt mich zum Haus.

Mutter schließt die gute Stube auf und geht ins Zimmer voran. Abrupt bleibt sie stehen, macht eine Art Knicks und bekreuzigt sich vor dem Kruzifix. Das Kreuz aus dunklem Holz ist so groß, dass es die ganze Ecke über dem Buffet einnimmt und den gesamten Hausaltar dominiert. Unseren Hausaltar mag ich schon immer gern. Er besteht aus drei Teilen und ist ganz aus Silber. In der Mitte hält Maria das Jesuskind, links und rechts knien jeweils zwei schöne Engel, von denen jeder ein Instrument spielt. Ich hätte auch gern ein Instrument gelernt.

„Setzt euch!", herrscht uns Mutter an.

Lilli ist zu Besuch und auch Lukas ist heute Abend hier. Ich setze mich zu den Beiden aufs Sofa, während sich der Vater in den alten Sessel fallen lässt. Mutter steht in der Mitte des Raumes und Pia klammert sich an ihre Schürze. Hat sie etwas angestellt? Etwas, das sogar die Mutter tadeln muss? Lilli und Lukas leben nicht mehr hier im Haus, nur Pia und ich und natürlich Vater. Mir ist klar, dass einer von uns etwas getan haben muss, was Mutter missfällt.

Doch normalerweise regelt sie jedes Vergehen mit kurzen derben Schlägen in der Küche. Dafür hat sie noch niemals die gesamte Familie in die Stube gerufen.

„Michael war hier!"

Warum schreit Mutter so? Wir sehen den Onkel jeden Sonntag beim Kirchgang und jeden Montag, wenn es bei uns Bratwurst zum Abendessen gibt und sein Ausschank geschlossen ist. Sein Besuch ist also nicht ungewöhnlich.

Ungewöhnlich ist, dass wir zu dieser Stunde in der guten Stube beisammen sitzen. Doch es herrscht keine feierliche Stimmung, ganz im Gegenteil. Mutter schnauft wie ein Pferd. Bei diesem Vergleich denke ich an das gemalte Pferd im Schuppen und lächle.

„Hier gibt´s nichts zu lachen!", bellt Mutter.

„Sag, was zu sagen ist, aber schreie die Kinder nicht an!"

Überrascht schaue ich auf, denn gewöhnlich widerspricht der Vater nicht. Er mag keine Konflikte und geht jedem möglichen Streitgespräch aus dem Weg. Im Haus lässt er die Mutter schalten und walten wie es ihr gefällt, er mischt sich niemals ein.

Mutter wirft ihm einen strengen Blick zu.

„Michael hat mir gesagt, dass du", dabei zeigt sie auf Vater und wedelt heftig mit der Hand, „ein Ehebrecher bist."

Lukas kichert, Lilli zuckt gelangweilt mit der Schulter, Pia weint und ich gerate in Panik. Wenn Vater ein Ehebrecher ist, hat er sich gegen das 6. Gebot versündigt. In der Bibel steht, dass Ehebrecher getötet werden müssen. Ich weiß natürlich, dass heute keiner mehr getötet wird, wenn der Ehebruch bekannt wird.

„Treue ist spießig. Sie ist weiter nichts als Pflichterfüllung", weiß Lilli.

„Du hältst den Mund, du billiges Flittchen!"

Lilli kichert und sofort spürt sie Mutters harte Hand in ihrem Gesicht.

Automatisch ducke ich mich, als ob auch ich gemeint sein könnte. An Lillis Stelle hätte ich jetzt geweint, doch sie hebt trotzig den Kopf und sagt: „Ich an Vaters Stelle wäre längst über alle Berge."

Nie im Leben hätte ich gewagt, so zu Mutter zu sprechen, erst recht nicht, wenn sie bereits derart wütend ist wie jetzt. Doch Lilli wagte schon Widerworte, bevor sie zur Polizeischule ging.

„Du gottlose Kröte!", brüllt Mutter. „Dir werde ich´s zeigen! Du wirst den Hühnerstall ausmisten!"

„Am besten, ich fange gleich damit an", sagt Lilli völlig gelassen, steht auf und geht zur Tür.

„Da höre ich dein Geschrei nicht."

Mutter packt sie am Arm und schreit noch lauter als zuvor: „Du bleibst gefälligst hier und hörst dir an, was ich zu sagen habe!"

„Lass sie gehen!", sagt Vater sanft.

Er bleibt gelassen, obwohl ihn Mutter gerade beschuldigte, gegen das Ehegebot verstoßen zu haben. Das ist ein sehr heftiger und ernster Vorwurf.

„Lasst ihr euch jetzt scheiden?", fragt Pia und weint lauter.

„Niemals!", schreit Mutter. „Ich habe in der Kirche vor Gott den Bund der Ehe geschlossen. So bleibt es und so wird es immer bleiben!"

„Was willst du dann? Hier im Haus zu Gericht sitzen? Hast du vergessen, dass du kein Recht zum Richten hast?"

„Sei still!", befiehlt Mutter.

Sie spuckt auf den Dielenboden, was mich zutiefst erschreckt. Dann hebt sie ihre Hand zum Schwur.

„Niemals wieder werde ich ein Wort an dich richten. Das schwöre ich bei Gott, unserem Herrn, dem Allmächtigen."

Sie wendet sich dem Kruzifix zu und bekreuzigt sich noch einmal.

Vater schaut sie ernst an und schüttelt leicht den Kopf.

„Mit diesem Schwur hast du soeben unseren Bund gelöst. Denn wer nicht miteinander spricht, lebt nicht in Frieden miteinander. Und wo kein Frieden ist, verdient die Ehe nicht den

Namen Ehe und hat keinen Wert."

Wo hat der Vater diese Worte her? Sie klingen schön und gefallen mir gut. Frieden ist auch mir sehr wichtig. Streit ertrage ich überhaupt nicht. Doch was meint er damit, dass Mutter kein Recht hat zu richten?

Ich sehe ihm an, dass er noch etwas sagen will. Ihm geht etwas durch den Kopf, doch er sagt nichts.

In Gedanken höre ich Mutter schon laut fluchen und wüste Beschimpfungen über Vater ausschütten, aber auch sie sagt kein Wort, schaut ihn nur verächtlich an.

Vater steht auf. Bevor er aus der Tür geht, dreht er sich um und zupft an seiner Nase.

„Du solltest dir gut überlegen, was du sagst und auch, was du tust, denn eines Tages stehst du selbst vor deinem höchsten Richter, den du ständig anrufst."

Was meint er nur damit?

*****

Seit Mutter nicht mehr mit Vater spricht, ist er noch stiller geworden als früher. Und er pfeift nicht mehr. Das ist mir sofort aufgefallen, weil er früher ständig irgendeine Melodie vor sich hin pfiff. Er kommt nur noch selten zum Abendessen nach Hause. Ich weiß nicht, ob er bei seinen Eltern isst oder im Wirtshaus der Stadt, wo er sich immer häufiger aufhält. Manchmal bleibt er sogar die ganze Nacht über weg. Dann ist es mir unheimlich im Haus und ich beneide Lilli, die weit entfernt im Wohnheim lebt und Lukas, der bei den Großeltern wohnt.

Auch Mutter hat sich verändert. Sie wirkt in sich gekehrt und schaut nicht einmal auf, wenn ich zu spät zum Essen komme. Sie schimpft nicht, schlägt nur mit ihrem harten Fingerknöchel gegen meinen Kopf und macht wortlos da weiter, was sie gerade macht.

Mit Pia ist überhaupt kein Auskommen mehr, seit sie nur noch mich zum Piesacken hat und das voll auskostet. Mutter merkt davon nichts oder will es nicht merken. Nicht einmal dann, wenn mir Pia das Schmutzwasser über den gesamten, frisch gewischten Boden auskippt. Auch dann nicht, wenn sie meine Kapuze vom neuen Anorak abschneidet. Für die kaputte Jacke, die ich von meinem Lehrgeld bezahlte, bekomme *ich* die Schläge von der Mutter, nicht Pia. Meine Hefte und Bücher nehme ich jeden Tag mit zur Arbeit und zur Schule, damit sie Pia nicht in die Hände fallen, denn abschließen darf ich mein Zimmer nicht, obwohl Pia überall herumschnüffelt.

Im Grunde fühle ich mich nur in der Schule und vor allem bei der Arbeit im Krankenhaus wohl. Es macht mir inzwischen große Freude zu helfen, nützlich zu sein und dafür gelobt und geachtet zu werden. So etwas habe ich daheim nie erfahren.

Daheim wünschte ich mir immer, unsichtbar zu sein. Mich sollte niemand sehen und niemand hören. Daran hat sich bis heute nichts geändert. Mutters Stimme klingt blechern und durchdringend wie eine Trompete. Wenn ich sie höre, springe ich sofort auf, öffne leise meine Zimmertür und lausche, ob Mutter nach mir verlangt. Ich darf ihren Ruf nicht überhören, weil sie sofort ärgerlich wird und mich ihre harten Knöchel spüren lässt – noch bevor sie sagt, was ich tun soll.

Die Schläge sind nicht so schlimm, wenn ich sie erwarte. Deshalb erwarte ich sie eigentlich immer. Sicherheitshalber.

Oft denke ich darüber nach, warum ich daheim alles falsch mache und was Mutters großen Ärger auf mich auslöst. Ich kann die Gedanken nicht ausschalten, sie sind immer da, sobald ich auf dem Weg nach Hause bin und bleiben bei mir, bis ich das Haus wieder verlasse.

*****

Vaters Farbeimer stehen auf dem Hof. Einige sind umgekippt. Daneben stehen Kisten und Behälter mit vielen verschiedenen Pinseln, große und kleine, dicke und dünne, runde und flache. Soll die Werkstatt umgeräumt oder renoviert werden?

Vorsichtig schaue ich durch einen Spalt der halb geöffneten Tür. Der Raum sieht ganz anders aus. Er ist leer! Die Werkbank fehlt. Der große, leer geräumte Schrank wirkt mit seinen offenen Türen wie ein Gespenst mit Armen. Und die Stelle, wo sich vorher das wunderschöne lebensgroße Pferd befand, übermalt Mutter mit schwarzer Farbe.

„Du Ungeheuer!", schreit sie immer wieder.

Sie wirft den Pinsel auf den Boden, dreht sich zu mir um und brüllt: „Aus dem Weg!"

Sofort springe ich zur Seite und verstecke mich hinter der Tür. Von dort sehe ich, wie Mutter hinaus aufs Feld läuft. Sie läuft und läuft und hält nicht an. Das macht mir Angst. Was kann nur passiert sein?

Als Mutter nur noch als kleiner Punkt in der Ferne zu sehen ist, gehe ich zurück ins Haus. Pia sitzt in der Küche und weint. Als sie mich sieht, schnauzt sie: „Du sollst Essen machen und Mami aus den Augen gehen!"

Ich nicke und mache mich an die Arbeit. Dabei

bemühe ich mich, an nichts anderes zu denken als an den Abendbrottisch, den ich wie üblich decke: Brettchen, Besteck, Brot, Butter, Wurst und Käse. Sicherheitshalber nehme ich Pias Worte ernst, mache mir eine Schnitte und gehe damit in mein Zimmer, damit ich Mutter nicht unter die Augen komme.

Von diesem Tag an spricht Mutter auch nicht mehr mit mir. Sie schimpft nicht einmal und scheint selbst für Schläge keine Lust oder Kraft mehr aufzubringen. Eigentlich sollte mich das freuen, doch mir ist diese neue Situation unheimlich.

*****

Einige Tage später rufe ich von der Arbeit aus Lilli an.

„Papa war seit zwei Wochen nicht mehr daheim."

„Wenn er schlau ist", antwortet sie gut gelaunt.

„Machst du dir keine Sorgen um ihn?", frage ich.

„Ich? Warum sollte ich? Er ist erwachsen!"

„Und wenn ihm etwas passiert ist?"

„Was sollte ihm schon passieren? Außerdem hättest du es längst erfahren. Er wird bei den Großeltern sein oder bei einer anderen Frau.

Das ist sein Bier."

„Bei einer anderen Frau?", frage ich entsetzt.

Lilli antwortet nicht. Ich höre nur ein Brummen.

„Du bist und bleibst ein Schaf, wirklich! Michael hat ausgetratscht, dass er fremdgeht. Was soll er daheim? Mutter ist garstig wie immer und redet nicht mit ihm."

Sie redet auch nicht mit mir.

Fast hätte ich in den Hörer geschrien: „Und was ist mit mir?"

Ich bin allein mit Mutter und Pia. Mutter spricht nicht und Pia ist garstiger als je zuvor. Papa fehlt mir, sein fröhliches Pfeifen und seine Ruhe, die er ausstrahlte.

„Er braucht dich nicht."

Aber ich brauche ihn, denke ich.

„Er hat uns nie geholfen, uns nie vor Mutters Prügel beschützt. Er ließ sie einfach machen. Ich glaube, er liebt nur Lukas."

Dieses Gefühl habe ich auch. Doch vermutlich ist es normal, dass Väter ihre Söhne mehr lieben als ihre Töchter.

Und Mutter liebt Pia mehr als Lilli und mich. Mir ist längst klar geworden, dass es nicht daran liegt, dass Pia die Jüngste ist. Denn in ihrem Alter musste ich kräftig mithelfen und wurde geschimpft und geschlagen und nicht wie Pia geherzt und geküsst.

Aber ich will nicht ungerecht sein, denn ich

weiß, dass man nicht alle gleich stark lieben kann. Ich zum Beispiel liebe vor allem Lilli – mehr als meine beiden anderen Geschwister.

Doch auch Lilli hat keine Zeit für mich und keine tröstenden Worte. Sie lebt weit von mir entfernt und möchte nichts mehr mit unseren Eltern, der ganzen Familie und dem Haus zu tun haben.

*****

Als ich ins Schwesternzimmer komme, lachen alle. Längst weiß ich, dass es dabei nie um mich geht, wie ich früher immer befürchtete.

„Was ist denn so lustig?", frage ich.

„Die neue Patientin in der Zwölf."

Damit ist das Zimmer Zwölf gemeint, aus dem heute Morgen ein Patient entlassen wurde.

Kichernd erzählen meine Kollegen abwechselnd, dass der Neuzugang sage und schreibe 180 Kilogramm wiegt. Das ist mehr als drei Mal so viel wie ich wiege.

„Stell dir vor, diese fette Frau hatte den Notarzt gerufen, der sie nach der Notversorgung ins Krankenhaus einweisen musste. Doch die Frau war wegen ihrer Fettleibigkeit nicht transportfähig."

Ich versuche, mir solch eine Leibesfülle vorzustellen, doch es gelingt mir nicht. Ich habe nichts gegen dicke Menschen, nicht einmal gegen viel zu dicke Menschen, wenn sie schon richtig fett sind und kaum noch laufen können. Aber ich begreife nicht, wie es so weit kommen konnte, dass sie so übermäßig dick wurden. So etwas muss man doch merken und rechtzeitig einschreiten.

„Jedenfalls rief der Notarzt die Feuerwehr, die mit einem Kran und einer Schwerlasttrage anrückte."

Wieder lachen alle aus vollem Halse. Auch ich stimme in das Gelächter mit ein, weil ich die Geschichte für einen Witz halte. Sollte sie wahr sein, wäre sie überhaupt nicht lustig, sondern furchtbar tragisch.

Die Schwestern sehen mir meine Zweifel wohl an und fordern: „Geh hin! Schau sie dir an!"

Doch dazu ist morgen noch Zeit, wenn ich ohnehin in ihr Zimmer muss, um sie zu versorgen. Heute wird sie sich vorkommen wie im Zoo, wenn aller Augenblicke jemand zur Tür hereinschaut und sie wie ein exotisches Tier betrachtet.

Jetzt habe ich Feierabend, verabschiede mich kurz und laufe den langen Gang entlang Richtung Ausgang. Dort sehe ich auf einer Bank ein Mädchen sitzen, das bitterlich weint. Es ist Pia!

Besorgt setze ich mich zu ihr und lege meinen Arm um ihre Schulter, doch sie schlägt ihn grob beiseite.

„Du bist schuld!", schreit sie mich an.

Das höre ich so oft, dass mir von allein klar ist, dass ich an allem die Schuld trage. Ich frage auch nicht nach, woran ich dieses Mal schuld bin, bleibe nur stumm neben ihr sitzen, bis sie sich beruhigt.

„Die Mama ist im Krankenhaus", sagt sie vorwurfsvoll.

„Warum?"

„*Du* bist doch hier. *Du musst* es wissen!"

„Aber ..."

„Du sollst dich um mich kümmern und um die Hühner auch!", sagt sie im Befehlston. „Was gibt es heute zu essen? Die Mama bleibt hier."

„Aber was hat sie?", will ich wissen.

„Das weiß ich doch nicht, du doofe Kuh!"

Mir ist klar, dass Pia ziemlich durcheinander ist und deshalb nicht richtig antworten kann. Mutter war noch nie krank und jetzt liegt sie hier im Krankenhaus. Das ist ganz und gar nicht gut.

„Ich erkundige mich jetzt, was der Mutter fehlt. Dann fahren wir zusammen nach Hause."

„Wir fahren jetzt! Jetzt! Jetzt!", schreit sie und stampft mit den Füßen auf.

*****

104

Mutter hat einen Knoten in der Brust, der heute herausgeschnitten wurde. Ich weiß, dass solch ein Eingriff reine Routine ist, vorausgesetzt, es ist ein gutartiger Tumor und kein bösartiger.

Trotzdem stehe ich viele Minuten lang vor ihrer Tür und kann mich nicht überwinden, die Klinke herunterzudrücken. Ich war bereits am Vormittag hier, doch sie schlief noch. Das ist recht ungewöhnlich, weil man nach einem normalen Eingriff, bei dem nur der Knoten entfernt wurde, bereits zwei Tage später entlassen wird.

„Die Brust ist ab."

Dieser kurze Satz schockiert mich derart, dass ich auf der Stuhllehne abstützen muss.

„Hab dich nicht so! Wozu brauche ich eine Brust? Die andere hätten sie gleich mit wegmachen sollen."

Ich lehne mich gegen das Fensterbrett und lasse meine Tasche auf den Boden rutschen.

„Der Ordnung halber", ergänzt Mutter.

Was soll ich darauf sagen?

„Kochst du ordentlich für Pia?"

Ich nicke.

„Und die Hühner? Der Garten?"

Wieder nicke ich.

„Himmelherrgott noch mal! Mach endlich den Mund auf, du verstockte Göre!"

Doch ich kann nicht reden. Mir schnürt es die Kehle zusammen, es brennt im Hals und mir laufen ganz gegen meinen Willen die Tränen über die Wangen.

„Ich schwöre bei Gott, dass ich dich erschlage, wenn du daheim keine Ordnung hältst. Geh jetzt!"

Kurz überlege ich, ob ich mich Mutter nähern soll, sie trösten oder wenigstens die Hand geben. Doch das mag sie sicher nicht. Also nehme ich nur meine Tasche auf, nicke ihr kurz zu und gehe.

*****

Am Abend rufe ich Lilli an und seufze erleichtert, als ich ihre Stimme höre.

„Hi, Hanni-Maus, was gibt's?"

„Mutter liegt im Krankenhaus." Ich hole tief Luft und sage: „Ihr wurde die linke Brust amputiert. Kannst du schnell kommen?"

Als Lilli nichts sagt, füge ich ein „Bitte!" hinzu.

„Nein, ich komme nicht, kriege nicht frei. Und ich will auch nicht."

„Aber ..."

„Kein Aber. Mutter hat mich mein Leben lang übersehen oder geprügelt. Dazwischen gab es nichts. Warum also sollte ich jetzt kommen?"

„Weil sie dich braucht!"

„Glaub mir, sie braucht mich nicht."

Im Grunde weiß ich, dass Lilli recht hat. Mutter braucht sie nicht, aber ich brauche sie. Nur wage ich nicht, ihr das so offen zu sagen.

Mich hat Mutter bisher auch nicht gebraucht, jedenfalls nicht als Tochter. Nicht einmal jetzt. Jetzt bin ich Haushaltshilfe und Krankenpfleger.

„Du machst das schon", sagt Lilli und legt auf.

Auch Lukas mag Mutter nicht besuchen, obwohl er nach der Schule oder der Arbeit mit seinem neuen Moped zum Krankenhaus fahren könnte. Er sagt, er habe keine Zeit, weil es so viel zu tun gibt.

Auch ich habe keine Zeit, weil so viel zu tun ist. Nach der Schule und der Arbeit im Krankenhaus muss ich mich um den Haushalt und die Tiere kümmern und natürlich vor allem um Pia.

*****

Pia gilt meine größte Sorge. Weil sie immer erst mit dem Spätbus nach Hause kommt, glaubte ich, sie besucht nach Schulschluss immer die Mutter. Doch das stimmt nicht. Ich weiß nicht, was sie in der Stadt macht. Ich weiß nur, dass sie nicht ins Krankenhaus geht. Sie sagt, sie hasst Krankenhäuser und erträgt es nicht, Mama im Bett liegen zu sehen.

„Aber Mutter wartet auf dich", ermahne ich sie.

„Na und?", sagt sie schnippisch. „Was kann ich dafür?"

„Hast du keine Sehnsucht nach ihr?", frage ich erstaunt.

Pia zischt durch die Zähne und wirkt genervt.

„Was habe ich davon, neben einer Kranken zu sitzen? Ich bin gesund und will es bleiben."

„Mutter wäre auch gern gesund."

„Ist sie aber nicht!", blafft sie, was eher verärgert als besorgt klingt.

„Dein Besuch würde ihr beim Gesundwerden helfen."

Pia lacht. Es ist ein ungläubiges und zugleich herablassendes Lachen, das mich ärgert und überhaupt nicht so klingt, Mutter einen Gefallen tun zu wollen. Doch so abgebrüht wird Pia nicht sein.

„Wann gibt's endlich Essen?", herrscht sie mich an.

„Ich habe noch zu tun. Wenn du mir hilfst, bin ich schneller fertig."

„Spinnst du?", schreit sie mich an. „Das ist deine Aufgabe. Du hast es der Mama versprochen."

Das stimmt. Mutter erwartet von mir, dass ich das Haus in Ordnung halte und mich um Pia kümmere.

Decke wenigstens den Tisch!, denke ich, doch

ich bekomme kein einziges Wort heraus. Ich kann mich nicht verteidigen, wenn ich angeschrien werde. Das macht mich völlig hilflos. Ich fühle mich wie gelähmt und möchte mich in Luft auflösen, unsichtbar werden, denn weglaufen kann ich nicht.

„Mama soll endlich aufstehen und nach Hause kommen", verlangt Pia.

Doch Mutter kommt nicht nach Hause, weil es Komplikationen gegeben hat. Zuerst gab es Blutungen, dann musste zwei Mal nachoperiert werden. Dabei wurden offenbar Nerven verletzt.

*****

Am liebsten möchte ich nur noch schlafen, weil ich so schrecklich erschöpft bin. Ich musste früher schon Arbeiten im Haus erledigen, doch jetzt werde ich damit einfach nicht fertig. Ich weiß nicht, was ich zuerst tun soll. Am Abend sinke ich bleischwer ins Bett, die Augen fallen mir sofort zu, doch Schlaf stellt sich keiner ein.

Pia dagegen wirkt wie immer. Sie ist fröhlich oder wütend und hat plötzlich viele seltsame Wünsche. Sie will unbedingt ein Handy und eine neuer Frisur. Doch dafür haben wir kein Geld. Wir haben überhaupt kein Geld, denn das aus Mutters Geldbeutel und auch das aus dem

Versteck in der Keksdose ist aufgegessen.

Auch ich habe kein Geld mehr, denn letzte Woche habe ich vom Lehrgeld ein Fahrrad gekauft: ein gebrauchtes ohne Gangschaltung, das weniger als hundert Euro kostete. Es hat einen breiten Sattel und einen Korb, in dem ich meine Tasche verstauen kann.

Während der ersten Heimfahrt mit dem Rad habe ich am See angehalten. Das Wasser auf der Seite des Abflusses war mit bunten Blättern fast vollständig bedeckt und leuchtete gelb, rot und grün in der Sonne. Auf der anderen Hälfte spiegelten sich die hohen Laubbäume, meist Kastanien und Ahorn. Dieses wunderschöne Bild hätte ich gern festgehalten und mit nach Hause in meine Kammer genommen. Doch ich besitze weder einen Fotoapparat noch ein Handy und kann nicht einmal malen.

Diese hundert Euro könnte ich jetzt gut gebrauchen, doch mit dem Rad fühle ich mich frei, weil ich nun nicht mehr auf den Bus und seine Fahrtzeiten angewiesen bin und viel Zeit spare, die ich im Haushalt nutzen kann.

*****

An drei Tagen in der Woche habe ich Dienst im Krankenhaus. Ich mag mein hellgrünes Shirt, das ich wie alle Schüler zu einer weißen Hose und weißen Schuhen trage. Die Schwestern haben Kasacks in der gleichen Farbe, die Therapeuten tragen weinrote Westen, die Hauswirtschaft weinrote Kittel, die Ärzte sind ganz in Weiß. Und jeder hat ein Namensschild über der Brust. Mir gefällt diese Ordnung.

Ich schaue so oft es meine Zeit erlaubt zu Mutter ins Zimmer. Doch sie sieht mich kaum an und spricht nicht mit mir. Dann frage ich mich, ob sie wohl lieber allein wäre oder sich einen anderen Besucher wünscht und nicht ausgerechnet mich. Wenn sie wenigstens wie früher schimpfen oder fluchen würde! Oder wenn sie viele Aufgaben für mich hätte, auch unangenehme. Aber sie sagt gar nichts, nicht einmal dann, wenn ich sonntags arbeite. Das ist schlimmer als ihre Schelte.

*****

Mutter sitzt mit dem Rücken zur Tür im Bett und schaut sich nicht um, als ich sie grüße. Zum ersten Mal sehe ich sie mit offenen Haaren. Normalerweise dreht sie sie zu einem Knoten, den sie im Genick zusammensteckt. Heute hängen ihre hellbraunen, glatten Haare in unterschiedlicher Länge über Schultern und Rücken, dazwischen drücken sich spitze Knochen durch das Nachthemd

Ich rücke den Stuhl zu ihr ans Bett und setze mich darauf. Mutter schließt sofort die Augen und gibt mir das Gefühl, dass sie mich nicht sehen will. Doch vielleicht erkennt sie mich nur nicht.

„Jetzt bin ich froh, Krankenschwester zu lernen. So kann ich dich jeden Tag besuchen."

Ich lächle sie an. Doch das sieht sie nicht.

„Soll ich dir von daheim erzählen?"

Gespannt betrachte ich ihr Gesicht und warte auf eine Regung, an der ich Mutters Wunsch erkennen könnte. Doch nicht einmal die Wimpern zucken.

„Oder möchtest du, dass ich dir etwas vorlese?"

Sie schaut mich an und zischt: „Verschwinde!"

Ich schiebe den Stuhl zurück an seinen Platz und bleibe am Fußende stehen. Ihr blasses Gesicht wirkt eingefallen, schlimmer als bisher. Doch sie hat „Verschwinde!" mit fester Stimme gesagt, weshalb ich mir wohl keine Sorgen machen muss und nach Hause fahren kann.

*****

Als ich den Abzweig zu unserem Dorf erreiche, dämmert es bereits, denn seit gestern ist die Sommerzeit endlich vorüber.

Der Berg hinunter zu unserem Haus ist so steil, dass ich absteigen und das Rad schieben muss. Dabei drücke ich die Handbremse, weil ich sonst das schwere Rad nicht halten kann. Am Straßenrand steht ein alter Mann, der sich vornüber beugt und mit den Armen auf seinen Beinen abstützt. Er atmet schwer.

„Geht es Ihnen nicht gut?", erkundige ich mich.

Langsam richtet er sich auf und fragt: „Wie kommst du darauf?"

„Die Luft. Sie kriegen schlecht Luft, oder?", stottere ich.

„Vom Laufen", keucht der Mann.

Der Berg ist wirklich sehr steil und von so alten Menschen nur schwer zu bewältigen.

„Darf ich Ihnen helfen? Ich meine, haben Sie es noch weit bis zu Ihrem Haus?"

„Du dummes Ding!", schimpft er plötzlich. „Ich jogge jeden Morgen und jeden Abend zwei Mal rauf und runter, bin topfit."

Jetzt begreife ich: Er bringt sich absichtlich so außer Atem. Er joggt! Irritiert winke ich ab und bugsiere mein Rad langsam weiter den Berg hinunter.

*****

Am nächsten Tag habe ich Frühdienst im Krankenhaus und kann bereits 8 Uhr Mutter besuchen. In ihrem Zimmer steht eine Schüssel mit Wasser auf dem Tisch am Fenster. Da mir der Sinn nicht ganz einleuchtet, suche ich nach der Schwester, finde sie im Dienstzimmer.

„Die soll sich waschen!", beantwortet sie meine Frage.

„Kann sie denn aufstehen?", erkundige ich mich erfreut.

„Die soll sich nicht so anstellen."

Die Schüssel befindet sich zwei Meter vom Bett entfernt, die Tür zum Bad direkt neben dem Bett. Falls Mutter aufstehen kann, wäre der Schritt zum Bad kürzer und sie könnte sich bequemer waschen.

Die Schwester dreht mir den Rücken zu und sortiert Medikamente in kleine Becher. Ich trete an den Tisch und greife nach dem Stapel Patientenmappen, um Mutters Blatt herauszusuchen.

„Lass das!", fährt mich die Schwester an und reißt mir die Papiere aus der Hand. „Die wasche ich nicht! Die schreit immer. Die will gar nicht gewaschen werden."

„DIE ist meine Mutter und ich bin Schwesternschülerin Johanna", sage ich leise und freue mich über meine mutige Reaktion.

Ich drehe mich um und gehe zurück zum Zimmer. Dabei höre ich die Schwester murmeln: „Ich kann diese garstige Hexe nicht ausstehen."

Meint sie damit mich oder Mutter?

Das Wasser in der Schüssel ist inzwischen kalt. Ich fülle frisches ein und setze die Schüssel auf dem Beistelltisch ab.

„Ich möchte dich jetzt waschen", sage ich etwas zögerlich.

Mutter hält die Augen geschlossen. Ich greife nach ihrer Hand, die sie mir sofort entzieht. Ich tauche den Lappen ins Wasser und drücke ihn fest aus.

„Das Wasser ist angenehme warm. Wir fangen mit den Armen an."

Doch sowie der Lappen Mutters Arm berührt, schlägt sie um sich und schreit, als hätte sie große Schmerzen.

Die Schwester schaut zur Tür herein und ich sehe sie hämisch grinsen.

Mir ist zum Heulen zumute. Wenn ich Mutter schon nicht waschen kann, sollte ich ihr den Rücken, die Schultern und Fersen einsprühen, damit sie sich nicht wund liegt.

„Helfen Sie mir, bitte!", flehe ich die Schwester an.

Doch sie schließt die Tür von außen. Ich setze mich auf den Stuhl neben Mutters Bett und überlege, was ich tun könnte. Bei keinem Patient bin ich so zögerlich wie bei Mutter. Ich wage es einfach nicht, sie fest anzufassen. Andererseits weiß ich, dass das Wundliegen nicht nur schmerzhaft ist, sondern sogar das

Gewebe zerstören kann.

In diesem Moment kommt die Schwester zurück. Sie drückt mir die Sprühflasche in die Hand und hebt beherzt Mutters Bein hoch. Sofort schreit sie: „Nein! Nein! Nass! Fort!"

Nach dem Einsprühen fühlt sich der Patient, als läge er in einer feuchten Pfütze. Doch es ist wichtig. Darüber haben wir in dieser Woche ausführlich in der Schule gesprochen.

Zu zweit schaffen wir es, Mutter zu versorgen. Mir ist es sehr unangenehm, sie gegen ihren Willen anzufassen. Doch ich versuche, sie als Patient und nicht als Mutter zu sehen. Mit Kranken kann ich gut umgehen. Ich weiß genau, was zu tun ist und wie ich zupacken muss.

Die Schwester grinst verächtlich, als sie sagt: „Zum Glück sind nicht alle Patienten so schwierig wie die hier."

Schwierig. Vielleicht hat Mutter nur Angst vor Schmerzen und ist unsicher, weil sie nicht mehr klar sprechen, sich nicht ausdrücken kann. Deshalb ärgert mich, dass die Schwester so grob zu meiner kranken Mutter ist und sich in deren Beisein so herablassend äußert. Wir haben in der Schule gelernt, dass der Patient im Mittelpunkt steht und wir ihn nicht nur gut versorgen, sondern liebevoll mit ihm umgehen müssen.

Einen Moment später kommt die Schwester wieder, fixiert Mutters linken Arm am Bett und schickt sich an, Blut abzunehmen.

„Warum nehmen Sie Blut ab? Ich meine, was genau soll untersucht werden?", erkundige ich mich.

„Das weiß ich doch nicht!"

So etwas steht in der Krankenakte. Mich interessieren die Gründe für Untersuchungen, doch die meisten Pfleger führen nur ihren Auftrag aus, ohne ihn zu hinterfragen.

Mutter hält still bei dieser Prozedur, weil in ihrem Unterarm ein Venenkatheder steckt, der das Blutabnehmen erleichtert.

Nachdem die Schwester mit den beiden gefüllten Röhrchen den Raum verlässt, lockere ich sofort die Fixierung, damit sich Mutter wieder bewegen kann.

*****

Mein Geldbeutel ist leer, vollkommen leer. Das nächste Lehrgeld gibt es erst in zehn Tagen. Doch ich müsste dringend Brot kaufen und auch Wurst. Pia schreit mich an, weil ich seit einer Woche nur Gerichte aus Eiern unserer Hühner auf den Tisch stelle. Meist gibt es Rührei mit Gemüse. Doch die Tomaten aus dem Garten haben wir inzwischen aufgegessen, auch den Blumenkohl. Die roten Bete hat Pia auf den Mist geworfen, weil sie die nicht mag. Nun sind nur noch einzelne Möhren in der Erde.

Pia kneift die Augen zusammen. Das macht sie immer, bevor sie einen Wutausbruch bekommt. Doch ich bin gewarnt und sammle schnell das Besteck und die Teller ein. Sie kann nur noch das Saftglas greifen und gegen die Wand schmettern. Das Glas war zwar leer, doch einige Resttropfen hinterlassen blasse Flecken auf der Wandfarbe.

„Die Scherben fegst du selbst zusammen!", befehle ich mutig.

Pia lacht. Es ist ein schrilles, hysterisches Lachen.

„DU bist die Putze! DU machst das!", schreit sie und zeigt bei jedem Du mit der Hand auf mich.

So sieht sie das also. Genaugenommen hat sie vollkommen Recht. Ich putze, wasche, koche, kaufe ein, füttere die Hühner und achte darauf, dass Pia pünktlich zur Schule kommt.

Mir wird das alles zu viel. Am liebsten würde ich einfach davonlaufen, in den Wald oder ganz weit weg, wo mich keiner kennt. Oder dorthin, wo Lilli jetzt lebt. Oder ich steige in den Fluss. Das Wasser ist kalt und stürzt nach dem vielen Regen reißend über die Steine. Dann wäre ich tot und hätte schnell ausgelitten.

Erschrocken über meine Gedanken schlage ich ein Kreuz und bete: „Lieber Gott, vergib mir meine sündigen Ideen. *Du sollst nicht töten* lautet das 5. Gebot."

Aber ich weiß mir keinen Rat, wie ich mit all den vielen Aufgaben in Schule und Krankenhaus und der Verantwortung für Pia, die Tiere und das Haus fertig werde.

Mir fällt das Internat der Schwesternschule ein und ich verkünde ohne nachzudenken: „Ich kann im Schwesternheim wohnen."

„Dann bin ich dich endlich los, du blöde Kuh!"

Pias Kreischen schlägt plötzlich in Weinen um.

„Und was wird aus mir?", schluchzt sie.

Erschöpft sinke ich auf den Stuhl.

„Ich kann einfach nicht mehr. Die Sorge um dich, Mutter und das Haus macht mich kaputt. Und wir haben kein Geld mehr, keinen einzigen Euro."

Pia setzt sich auf meinen Schoß und schlingt ihre Arme um meine Schultern. Sofort durchströmt mich ein warmes Gefühl und ich weiß, dass ich sie nicht allein lassen kann.

„Mir wird schon etwas einfallen", verspreche ich und streiche Pia das Haar aus dem Gesicht.

Sofort springt sie auf und blafft: „Na, hoffentlich!"

Dann läuft sie trällernd hinaus, während ich völlig verblüfft auf dem Stuhl sitzenbleibe.

7. Gebot: Du sollst nicht stehlen!
8. Gebot: Du sollst nicht lügen!

Ich lüge nie! Ich kann gar nicht lügen. Ich werde sofort rot und fange an zu stottern, wenn ich ausweichen und nicht alles sagen will.

Lilli dagegen log, dass sich die Balken biegen. Sie schaute dabei Mutter frech ins Gesicht, ohne mit der Wimper zu zucken. Ihrer Meinung nach wäre es keine Lüge, weil sie sich nur vor Mutters Strafen schützte.

Mutter drohte, sie zu erschlagen, falls sie sich mit Jungen herumtreibt. Das hielt Lilli nicht davon ab, sich schon mit vierzehn Jahren küssen zu lassen. Sie sagte, sie braucht Liebe und körperliche Nähe, die sie daheim nicht bekommt.

Bei mir ist das anders. Ich fliehe direkt vor körperlicher Nähe, ertrage keine Berührungen und mag nicht einmal die Hand zum Gruß reichen. War Mutter in der Nähe, stieß sie mit ihrer knochigen Hand gegen meine Schulter und zischte: „Benimm dich gefälligst!"

Jetzt ist alles anders. Mir macht es nichts mehr aus, fremde Menschen zu berühren. Das habe ich bei meiner Arbeit im Krankenhaus gelernt.

Ich arbeite gern. Die Patienten sind dankbar für jedes freundliche Wort, das plötzlich wie von allein aus meinem Mund kommt.

In der Schule rede ich nur, wenn ich gefragt werde und daheim ist keiner da, mit dem ich reden könnte.

Pia hält sich in ihrem Zimmer auf, das früher Lukas gehörte, und kommt nur heraus, wenn das Essen auf dem Tisch steht. Sie dreht ihre Musik so laut auf, dass ich sie im ganzen Haus und sogar draußen auf dem Hof und im Stall höre. Mir gefällt diese Musik nicht. Sie ist schrill und klingt gleichzeitig wie wütend gesprochen statt gesungen.

Vielleicht sind es die gleichen Lieder, von denen die Mädchen in der Schule sprechen. Sie kichern albern, wenn sie von den Sängern schwärmen, obwohl sie die jungen Männer gar nicht persönlich kennen. Sie kichern auch über mich, weil ich weder die Lieder noch die Musikgruppen kenne. Vermutlich halten sie mich für dumm. Doch ich bin nicht dumm. Mir gefallen nur diese Lieder nicht.

*****

Ich bin allein im Haus und mache mir Sorgen um Pia. Als ich heute Morgen vom Nachtdienst zurück kam, war sie bereits in der Schule. Dann habe ich ungewöhnlich lange geschlafen und musste mich beeilen, um all die Arbeit zu schaffen, die ich täglich bewältigen muss. Nur das Bügeln muss bis morgen warten.

Inzwischen ist es dunkel und Pia noch immer nicht daheim. In einer guten Stunde muss ich mit dem Rad losfahren, um pünktlich in der Klinik zu sein. Was mache ich, wenn Pia bis dahin nicht hier ist? Gestern Abend rief sie an, dass sie bei einer Freundin übernachtet. Mir gefällt das nicht, doch ich kann es nicht verhindern, weil sie nicht auf mich hört.

Plötzlich klopft es ans Fenster. Draußen steht ein dunkler Schatten, das Gesicht ist nicht zu erkennen. Nun leuchtet eine Lampe auf, deren Lichtstrahl kreuz und quer durch die Küche saust. Das muss eine Taschenlampe sein.

„Jemand daheim? Aufmachen!", fordert eine weibliche Stimme.

Wieder klopft es ans Fenster. Dieses Mal stärker.

Geduckt eile ich zur Haustür und drehe den Schlüssel zwei Mal um. Jetzt kann keiner mehr die Tür von außen öffnen. Ich habe plötzlich Angst, weil ich nicht weiß, wer da draußen steht und zu mir herein will. Ich bin ganz allein. Ob ich die Polizei rufen soll? Doch ich kann nur sagen, dass jemand vor der Tür steht, den ich nicht kenne. Sie werden vorschlagen, Türen und Fenster verschlossen zu halten und niemandem zu öffnen. Genau das werde ich tun.

Mir fällt Pia ein. Wenn sie ausgerechnet jetzt nach Hause kommt und dieser Person da draußen direkt in die Arme läuft? Ich schaue auf die Uhr. Der letzte Bus ist längst durch. Ob ihr etwas passiert ist? Vielleicht ist es die Polizei, die vor der Tür steht und mir von einem Unfall erzählen will. Nein, dann hätten sie: „Hier ist die Polizei!" gerufen.

Ich kauere mich mit dem Rücken zur Tür und fange an zu weinen.

„Johanna! Mach auf! Ich weiß, dass du da bist", höre ich eine Frauenstimme.

Natürlich weiß diese Frau, dass ich daheim bin. Sie hat mich gesehen, denn es brennt die Küchenlampe. Nur ich kann sie nicht sehen, weil sie draußen im Dunkeln steht.

Jetzt klopft sie an der Haustür und klingelt. Immer wieder! Was soll ich nur tun?

„Ich bin die Frau Wieland vom Jugendamt. Du musst mir öffnen!"

Weshalb will eine Frau vom Jugendamt mit mir reden? Ich kenne die Frau nicht. Sie klingt nicht freundlich und hat sicher nichts Gutes im Sinn.

„Wenn du jetzt nichts öffnest, komme ich morgen wieder und zwar mit der Polizei. Die bricht die Tür mit Gewalt auf, wenn du dich weiterhin weigerst. Willst du das?"

„Aber warum?", schreie ich. „Was wollen Sie von mir?"

„Ich muss mich im Haus umsehen. Also öffne jetzt!"

Ich glaube der Frau kein Wort. Sie wird mich fesseln, ausrauben, quälen. Das gleiche wird sie mit Pia tun, wenn sie jetzt nichtsahnend auf den Hof kommt. Doch was ist, wenn die Frau nicht lügt, tatsächlich von einem Amt geschickt ist und morgen mit der Polizei wiederkommt? Ob ich mir ihren Ausweis zeigen lasse? Doch dazu müsste ich die Tür öffnen. Das will ich nicht. Ich will auch nicht, dass sie merkt, wie sehr ich mich fürchte.

„Es geht um Pia. Ich will mit dir über Pia reden."

Also doch!

„Was ist mit Pia? Ist etwas passiert?"

„Nein. Ja. Mach endlich auf!"

Langsam drehe ich den Schlüssel um und öffne einen Spalt die Tür. Im gleichen Moment hat die Frau ihren Stiefel in die schmale Öffnung gesteckt und lehnt sich mit dem ganzen Körper gegen die Tür. So sehr ich auch dagegenhalte, ich schaffe es nicht, sie abzuwehren und gebe auf.

Ohne, dass ich darum bitte, hält mir die Frau ihren Ausweis hin und kurz darauf ihre Hand.

„Grüß dich, Johanna, mein Name ist Wieland.

Können wir uns irgendwo hinsetzen und in Ruhe unterhalten?"

„Was ist mit Pia?"

„Ihr geht es soweit gut."

Was heißt *soweit*?

Frau Wieland setzt sich auf einen Stuhl am Küchentisch und schaut sich um.

„Du hast also aufgeräumt?"

Ich verstehe die Frage nicht.

„Setz dich!", bestimmt sie.

Automatisch gehorche ich und setze mich auf einen Stuhl auf der anderen Tischseite. So kann ich sie im Auge behalten, ohne ihr allzu nahe zu sein.

„Wie viele Räume gibt es hier im Haus?"

„Wie?"

Ich verstehe noch immer nicht, was diese Frau will. Was geht sie unser Haus an? Sie wollte mit mir über Pia sprechen. Wo ist sie überhaupt?

„Was ist mit Pia?", frage ich noch einmal. „Ist sie verletzt?"

„Das solltest du besser wissen als ich."

„Wie meinen Sie das?"

Frau Wieland schaut mich streng an, fast wie Mutter. Automatisch ducke ich mich, denn gleich wird etwas Furchtbares passieren. Das spüre ich genau.

„Dein frommes Getue wird dir nichts nützen. Es wird dir auch nichts nützen, alles abzustreiten."

Was denn abstreiten? Ich weiß nicht, wovon die Frau spricht und rutsche auf meinem Stuhl hin und her.

„Meine beiden Kinder streiten sich auch, doch sie schlagen sich nicht."

Ich weiß noch immer nicht, worauf sie hinaus will. Dass mich Pia kneift und mit Füßen tritt, habe ich noch niemals jemandem erzählt. Nicht einmal Vater. Und ich werde es auch dieser Frau Wieland nicht auf die Nase binden.

„Du hast sie krankenhausreif geprügelt! So sieht es aus!"

Ich bin völlig erschüttert und kann kein einziges Wort sagen. Ich habe Pia noch niemals geschlagen, ich habe überhaupt noch niemals jemanden geschlagen.

„Krankenhaus?", stottere ich. „Wo?"

Ich werde sie besuchen, heute noch, und sie fragen, was passiert ist.

Frau Wieland haut mir ihrer Hand auf den Tisch.

„Du hältst dich von Pia fern! Verstanden?"

Erschrocken schaue ich die Frau an. Darf sie mir verbieten, meine Schwester zu sehen? Pia wird mich brauchen, vor allem jetzt, wenn sie verletzt ist.

„Du hast ihr genug angetan!"

„Was denn getan?"

Wortlos holt sie eine Mappe aus ihrer Tasche,

schlägt sie auf und blättert darin.

„Mit der ganzen Sache wird sich die Polizei befassen, schließlich bist du volljährig. Meinen Bericht", sie tippt auf eine Seite, „habe ich bereits geschrieben. Doch ich wollte mir zuerst selbst ein Bild machen von dir und dem Haus."

„Vom Haus? Warum? Ich weiß nicht ..."

Frau Wieland schnauft verärgert. Dann atmet sie hörbar aus und sagt: „Pia hat ausgesagt, dass du sie zwingst, die ganze Arbeit im Haus und mit den Tieren allein zu stemmen. Das kann sie gar nicht!"

Natürlich nicht. Und das tut sie auch nicht. So etwas kann sie gar nicht behauptet haben, weil es nicht stimmt, weil es eine Lüge wäre und man nicht lügen darf.

„Wenn sie sich weigert, bekommt sie nichts zu essen und wird von dir beschimpft und sogar geschlagen."

Dazu sage ich nichts. Die Frau hat alles komplett verkehrt herum verstanden, alles verwechselt. Mutter hat mich früher geschlagen, als sie noch nicht im Krankenhaus lag. Doch das geht diese Jugendamtfrau nichts an.

„Du wirst jetzt für deine Schwester Sachen für sieben Tage zusammenpacken: Pullis, Jeans, Wäsche, Schuhe, Nachtzeug und Kosmetik!"

Bei jedem Teil, das sie aufzählt, erfasst sie mit

der rechten Hand einen Finger der linken.

„Und ihr Schulzeug natürlich."

„Das geht nicht", sage ich leise.

Sofort schaut mich Frau Wieland drohend an.

„Pia sperrt ihr Zimmer immer ab."

„Ich weiß", sagt sie plötzlich. „Du benutzt ihre Sachen und bestiehlst sie sogar. Glaube nicht, dass ich nicht informiert bin!" Sie lacht gehässig. „Dann machen wir es heute umgekehrt: Du wirst ihr von deinen Sachen abgeben!"

Müde schüttle ich den Kopf und sage leise: „Auch das geht nicht."

„Das geht sehr wohl! Wenigstens das bist du ihr schuldig. Und jetzt beeile dich! Ich habe nicht ewig Zeit und will mich noch oben in den Schlafzimmern umsehen."

Pia ist viel kleiner als ich und außerdem hält sie meine Sachen für altmodisch. Sie würde sie nicht einmal in der Not anziehen.

Die Frau steht auf und packt derb meinen Oberarm.

„Zuerst zeigst du mir das Versteck, wo du das Diebesgut aufbewahrst."

„Welches Versteck? Welches Diebesgut?"

Die Frau zerrt mich aus der Küche hin zur Treppe.

„Die Schlafräume sind dort oben, richtig?"

Ich nicke. Doch ich kann keinen klaren Gedanken fassen. Mir schwirren die Worte Diebesgut,

Versteck, Polizei, Straftat, Prügel und Krankenhaus durch den Kopf, ohne irgendeinen Zusam-
menhang zu erkennen.

„Los! Hinauf mit dir! Du zeigst mir jetzt, wo du
all die geklauten Sachen versteckt hast."

„Ich habe nichts gestohlen und ich habe auch
nichts versteckt."

„Lüge nicht!"

Sie schiebt mich beiseite und steigt die Treppe
hinauf. Wie gelähmt lehne ich an der Wand und
höre, wie sie in mein Zimmer geht und ein
schweres Möbel beiseite schiebt, vermutlich
mein Bett. Dann klappt die Schranktür, die man
nur verschließen kann, wenn man ein Stück
Papier zwischen den Rahmen klemmt.

„Wo ist das Zeug?", schreit sie.

Am liebsten würde ich jetzt weglaufen und mich
im Wald verkriechen. Doch mir ist klar, dass
das nicht geht. Ich muss hinauf und sie daran
hindern, in unseren Sachen zu wühlen. Ich
glaube nicht, dass sie das darf. Ich weiß nur
nicht, wie ich das anstellen soll.

Frau Wieland steht inzwischen im Elternschlaf-
zimmer und schaut kurz auf die Betten, die
ohne Bezug kahl und verlassen wirken, was mir
sofort die Tränen in die Augen treibt. Doch vor
der Frau will ich nicht weinen, auf keinen Fall.
Nun öffnet sie Mutters Schrank, in dem ihre

Schürzen, das schwarze Sonntagskleid und der Mantel hängen. Dann reißt sie die Tür von Vaters Schrank auf. Er sollte leer sein, weil Vater all seine Sachen mitgenommen hat. Doch er ist von unten bis oben voller Kartons. Es sind neue Kisten mit bunten Bildern darauf. Auf der obersten Schachtel erkenne ich eine Art grüne Monster. Was ist das?

„Da haben wir´s!", ruft Frau Wieland triumphierend. „Teure Computerspiele!"

„Wir haben gar keinen Computer", stottere ich.

„Das werden wir ja sehen!", schreit sie und wendet sich Pias Zimmer zu.

Doch die Tür ist abgeschlossen.

„Schlüssel!", befiehlt sie und wackelt mit ihren Fingern.

„Ich habe keinen Schlüssel zu Pias Zimmer."

Die Frau schaut mich an und kneift die Augen zu, genau wie Pia, wenn sie wütend wird. Dann geht sie zurück ins Schlafzimmer und zählt alle Kartons. Es sind 47. Die Zahl notiert sie auf einem Block.

„Du rührst hier nichts an! Verstanden?"

Ich nicke.

„Wir nehmen jetzt deine Personalien auf und ich mache morgen eine Anzeige bei der Polizei."

„Jetzt habe ich keine Zeit", sage ich leise. „Ich habe Nachtdienst und möchte nicht zu spät kommen."

„Nachtdienst nennst du das", spottet sie. „Auf Diebestour gehen, was?"

Nun kommen mir doch die Tränen und ich weine hemmungslos in meiner Not.

„Deine Krokodilstränen helfen dir jetzt auch nicht mehr. Du wirst für deine Untaten geradestehen müssen. Morgen wird alles abgeholt und nach deinem Computer gesucht. Gib mir mal dein Handy!"

„Ich habe kein Handy."

Frau Wieland seufzt. Ich sehe ihr an, dass sie mir nicht glaubt. Sie setzt sich an den Küchentisch und zeigt auf den anderen Stuhl. Ich soll mich setzen. Dann holt sie ein Formular aus ihrer Mappe und einen Stift.

„Name!"

Sie trägt alle Angaben in dieses Formular ein und lässt sich außerdem noch meinen Ausweis zeigen, von dem sie die Nummer abschreibt.

„Das hätten wir!"

„Was ist nun mit meiner Schwester? Wo ist sie?"

„In Sicherheit. Du wirst ihr jedenfalls keinen Schaden mehr zufügen!"

Mir wird klar, dass sie mir keine Auskunft geben wird und auch keine Erklärung. Außerdem bin ich für sie ein Dieb und brutaler Schläger. Ich kann nur hoffen, dass sich alles aufklären wird.

„Du wirst eine amtliche Vorladung bekommen und ich rate dir gut, sie wahrzunehmen."

*****

Meine Beine zittern, als ich aufs Fahrrad steige. Ich kann nur wenige Meter fahren, dann muss ich es den steilen Berg hinaufschieben. Oben an der Hauptstraße bin ich völlig durchgeschwitzt. Ich trete kräftig in die Pedale, um so schnell wie möglich vorwärts zu kommen. Trotzdem habe ich das Gefühl, mich nicht von der Stelle zu bewegen, während die Zeit rast. Ich werde zum ersten Mal nicht pünktlich bei der Arbeit sein. Meine Kollegen werden warten, sich Sorgen machen oder wütend auf mich sein.

Ein LKW überholt mich mit hoher Geschwindigkeit. Mich packt ein Luftzug, ich strauchle und rutsche in den Straßengraben.
Es ist stockdunkel. Hier auf dem Land gibt es keine Straßenbeleuchtung und der Mond ist hinter dichten Wolken versteckt. Vorsichtig versuche ich, mich aufzurichten. Doch mein Fuß ist in den Speichen des Rades verklemmt. Er tut mächtig weh. Es ist zum Heulen! Warum nur habe ich mir kein Handy gekauft? Aber wovon? Mein Lehrgeld reicht hinten und vorn nicht,

nicht einmal für das Essen für Pia und mich.

Mir ist schrecklich kalt. Als ich von weitem Scheinwerfer sehe, die schnell auf mich zukommen, hebe ich den Arm und bewege ihn hin und her. Doch so schnell das Auto herankam, so schnell ist es auch vorbei gefahren. Der Graben ist einfach zu tief. Hier unten wird mich niemand finden. Doch das ist mir auf einmal gleichgültig.

*****

Ich fühle mich wohl, warm und geborgen, was für mich ein ganz ungewohntes Gefühl ist. Durch die geschlossenen Augen spüre ich, dass es bereits hell ist. Nach dem Nachtdienst schlafe ich tagsüber. Ich kann noch ein Weilchen im Bett bleiben, denn Pia kommt immer erst gegen Abend nach Hause.

Pia! Pia ist nicht nach Hause gekommen. Eine Frau war da, eine Frau vom Amt, die von Pia und Verletzungen und Diebesgut erzählte.

Ziemlich verwirrt öffne ich die Augen und finde mich in einem fremden Bett in einem mir völlig unbekannten Zimmer.

„Na, du Schlafmütze!", höre ich eine freundliche Stimme.

„Wo bin ich?"

Argwöhnisch schaue ich mich um. Neben meinem Bett steht ein weiteres, auf dem ein junges Mädchen sitzt, etwa so alt wie Pia.

„Im Krankenhaus. Ich soll klingeln, wenn du wach wirst."

Ich bin im Krankenhaus? Warum? Was kann nur passiert sein? Ich überlege, was ich gemacht habe, als die Frau endlich das Haus verlassen hatte. Ich wollte zur Arbeit fahren und sehe mich, wie ich mein Fahrrad den Berg hinaufschiebe. Daran erinnere ich mich. Und was geschah dann? Oben auf der Dorfstraße kam ein Lkw und ich rutschte in einen Straßengraben, an mehr kann ich mich nicht erinnern. Nur, dass es sehr dunkel war.

*****

Immer wieder schieben sich finstere Nebel vor meine Augen. Das macht mir Angst. Und ich spüre schon wieder das Messer, wie es sich in meinen Rücken bohrt. Doch ich darf nicht schreien, sonst wird alles noch viel schlimmer. Obwohl ich das Messer nicht sehen kann, weiß ich, wie es aussieht: Es ist so lang wie ein Brotmesser, aber gebogen wie ein Dolch.

Der Mann, der mir das Messer jeden Tag aufs Neue in den Rücken rammt, ist mir völlig unbekannt. Ich sehe ihn nie, doch ich erkenne ihn sofort. Er kommt immer wieder. Und immer wieder stößt er mir das Messer tief in den Rücken.

Ich darf nicht um Hilfe rufen und ich darf es niemandem erzählen, denn ich habe keine Beweise: kein Blut, keine zerschlissenen Kleider und keine Wunden.

Und doch weiß ich, dass dies alles wahr ist und jeden Abend aufs Neue geschieht, sobald es dunkel wird. Und ich weiß, dass mir keiner glauben würde. Sie würden sagen, ich sei verrückt. Und sie hätten Recht.

Ich spüre eine Hand, die sanft meine Haare zurückstreift.

„Johanna!", ruft leise eine freundliche Frauenstimme. „Hörst du mich?"

Vorsichtig blinzle ich und schaue in die Augen einer jungen Frau. Sie lächelt mich an.

„Ich bin Schwester Anni. Du hast ein Schädel-Hirn-Trauma und warst recht lange bewusstlos", erklärt sie mir. „Zwei volle Tage und Nächste. Das ist ungewöhnlich, denn deine Verletzung ist eigentlich nicht schlimm."

„Nicht?"

Die Schwester schüttelt den Kopf.

„Du wirst noch ein paar Tage hierbleiben, zur Beobachtung. Morgen zur Visite erklärt dir der Doktor alles."

Ich nicke.

„Wir wollten deine Eltern benachrichtigen, doch es ging keiner ans Telefon."

Sofort fange ich an zu weinen und erkläre, dass Mutter hier im Krankenhaus liegt und Vater ausgezogen ist.

„Du hast niemanden, der sich um dich kümmern kann? Auch keine Großeltern oder andere Verwandten?"

„Doch!"

„Dann rufe sie an, damit sie dir ein paar Sachen bringen!"

„Ich habe kein Telefon und ich habe auch ihre Nummer nicht."

„Du hast es bei deinem Unfall verloren, nicht wahr?"

Ich schüttle den Kopf.

„Ich besitze kein Handy."

Ich nenne ihr Namen und Ort, wo Vaters Eltern und sicher auch Vater und Lukas leben.

„Da ist noch etwas", sage ich.

Die Schwester bleibt an der Tür stehen und schaut mich erwartungsvoll an.

„Ich hätte eigentlich die ganze Woche Nachtdienst auf der Station 7."

„Hier im Haus?"

Ich nicke.

„Eine Kollegin also! Ich werde gleich Bescheid geben." Die Schwester lächelt. „Jetzt musst du erst einmal gesund werden."

*****

Gleich nach der Visite darf ich aufstehen und gehe hinauf zu Station 8, wo Mutter liegt. Doch in ihrem Bett liegt eine andere Frau. Wo ist Mutter jetzt? Daheim? Doch sie kann sich unmöglich selbst versorgen. Ich muss ihr helfen, ich muss sofort nach Hause.

Hinter der Glasscheibe der Information erkenne ich den Stationsarzt und spreche ihn an.

„Guten Tag, Herr Dr. Heinrich. Darf ich Sie etwas fragen?"

Ohne aufzuschauen brummt er: „Sie sehen mich gar nicht, denn ich bin seit zwei Stunden daheim."

Irritiert schaue ich ihn an. Der Arzt ist nicht hier, obwohl ich ihn deutlich sehe? Könnte das eine Nachwirkung meiner Gehirnerschütterung sein? Automatisch fasse ich mir an den Kopf, der sofort zu brummen beginnt. Soll ich jetzt gehen, ohne zu wissen, wo meine Mutter ist? Mit den Augen suche ich den langen Gang ab, doch ich entdecke keine einzige Schwester. Der Arzt sitzt immer noch hinter der Scheibe und schreibt.

„Bitte! Ich bin Schwester Johanna. Meine Mutter lag in Zimmer 10. Jetzt ist sie weg und ich weiß nicht, wo sie ist."

„Ich weiß es auch nicht."

„Aber ..."

„Wenn ich im Operationssaal den letzten Stich gemacht habe, ist meine Arbeit getan. Um den Rest kümmern sich die Schwestern." Er wischt mit der Hand durch die Luft, was wohl heißt, ich soll ihn in Ruhe lassen. „Sie als Krankenpflegerin sollten das am besten wissen."

Völlig verwirrt bleibe ich stehen und weiß nicht, was ich machen soll. Langsam gehe ich zurück zu Zimmer 10 und höre Stimmen im Nebenraum. Über der Tür leuchtet die grüne Lampe. Das bedeutet, hier wird ein Patient versorgt und ich darf nicht stören.

Als endlich die beiden Schwestern herauskommen, frage ich nach Mutter. Doch sie zucken mit der Schulter und sagen wie aus einem Mund: „Das weiß ich doch nicht!"

Wer könnte mir helfen? Angestrengt überlege ich und mir fällt die Sozialarbeiterin ein, die sich um Entlassungen und um ein Auto kümmert. Sie wird wissen, ob Mutter nach Hause gebracht wurde. Doch sie konnte nicht wissen, dass ich hier im Krankenhaus bin. Nach Pia habe ich sofort gefragt, doch hier im Haus ist sie nicht gemeldet oder man durfte mir keine Auskunft geben. Vielleicht weiß auch darüber die Sozialarbeiterin Bescheid.

*****

Ich bitte eine Schwester, die Sozialarbeiterin in mein Zimmer zu schicken.

Wenig später kommt eine ältere Frau durch die Tür. Es ist nicht die Sozialarbeiterin, denn sie trägt keinen Kittel, sondern einen Mantel. Vermutlich besucht sie meine Bettnachbarin. Doch sie lächelt *mich* an. Irgendwie kommt sie mir bekannt vor, doch ich weiß nicht, woher ich sie kenne.

„Johanna, mein liebes Kind, wie geht es dir?"

Sie schlingt die Arme um mich und zerdrückt mich fast. Auch das kommt mir bekannt vor, doch ich weiß nicht mehr, wo ich solch eine Umarmung schon einmal erlebt habe.

Die Frau umfasst mein Gesicht und küsst mich auf jede Wange.

„Oma?", frage ich zaghaft.

„Die Mutter deiner Mutter", ruft sie fröhlich und umarmt mich erneut. „Hast du Lust auf einen Kaffee oder ein Eis oder beides?"

Überrascht schaue ich sie an.

„Wir könnten es uns in der Cafeteria gemütlich machen. Willst du?"

Ich nicke unsicher.

Im gleichen Moment stellt Oma meine Straßenschuhe vor meine Füße, wirft mir eine Jacke über, zeigt auf eine Reisetasche und sagt: „Die

Tasche lasse ich derweil hier oben stehen. Geht das in Ordnung?"
Wieder nicke ich und schlüpfe in die Schuhe.

Die Cafeteria ist gut besucht. Oma weist mit dem Arm auf einen Stuhl an einem freien Tisch und geht an die Theke. Sie kommt mit einer Tasse Kakao, einem Kaffee und zwei Stück Kuchen zurück. Woher weiß sie, dass ich Kakao so gern mag? Ich habe ihn bisher nur zwei Mal getrunken, denn Mutter kauft das Pulver nicht.
„Danke", sage ich und lächle glücklich.
Doch plötzlich muss ich weinen, was mir hier zwischen all den Leuten furchtbar peinlich ist. Oma legt ihre Hand auf meine und streichelt sie sanft. Das lässt meine Tränen noch mehr fließen. Ich habe Mühe, nicht laut aufzuschluchzen.
„Es ist gut, Mädchen. Man muss den Kummer herauslassen, das ist in Ordnung."
„Nichts ist in Ordnung", schluchze ich nun doch.
Oma nickt.
„Alles wird gut, meine Liebe. Mach dir keine so großen Sorgen. Ich bin für dich da."
Wie kommt es, dass Oma für mich da ist? Wir hatten nie Kontakt bis auf das eine Mal vor vielen Jahren, als sie mich in der Schule besuchte.

„Mutter ist weg", sage ich leise.

„Sie ist in einem Heim. Dort wird sie gut versorgt. Übermorgen wirst du aus dem Krankenhaus entlassen. Dann kannst du sie besuchen."

Überrascht schaue ich sie an, denn mir hat das noch keiner gesagt.

„Mir würde es gefallen, wenn du ein paar Tage bei mir wohnst. Ich habe ein Gästezimmer."

Warum sollte ich bei Oma wohnen? Ich habe mein Zimmer daheim. Außerdem muss ich mich um Pia kümmern. Wo ist sie überhaupt?

Mir fällt wieder dieser scheußliche Abend ein, als die Frau vom Jugendamt durch das Haus lief und die vielen Kartons in Vaters Schrank fand. Sie nannte es Diebesgut und tat so, als wüsste ich, was mit Pia passiert ist.

„Was ist, Mädchen? Du bist ganz blass!"

Oma umfasst meine Hand und reibt auf ihr herum.

„Trink einen Schluck Kakao!"

Sie hält mir die Tasse entgegen. Ich will zugreifen, doch meine Hände zittern derart, dass ich die Tasse nicht halten kann. Oma nimmt sie mir ab.

„Ich weiß nicht, wo Pia ist", sage ich leise. „Ich mache mir solche Sorgen."

„Du musst dir keine Sorgen machen, mein liebes Kind. Ich habe alles geregelt."

Was denn geregelt? Weiß sie, wo Pia ist und wie es ihr geht? Frau Wieland wollte mich bei der Polizei anzeigen. Dabei habe ich nichts getan! Und nun liege ich hier im Krankenhaus und weiß nicht einmal, wo meine kleine Schwester ist.

Mir ist auf einmal furchtbar übel. Suchend schaue ich mich um, ob es in der Nähe eine Toilette gibt. Oma reicht mir ein Taschentuch, das ich mir gegen den Mund presse und begleitet mich. Sie hält mir den Kopf, als all der Kummer übelriechend aus mir herausbricht. Ich schäme mich so.

„Geht es dir besser?, fragt sie besorgt.

Ich nicke.

„Gut. Dann spüle dir jetzt den Mund aus!"

Als wir zum Tisch zurückkommen, nickt uns eine junge Frau zu. Kaffee, Kakao, Kuchen und Omas Handtasche stehen noch da, wo wir sie stehenließen.

„Verstehst du dich gut mit dem Mädchen, das mit in deinem Zimmer liegt?"

Warum fragt sie das? Ich rede nicht gern, das hat meine Nachbarin schnell gemerkt. Aber ich höre gern zu, weshalb sie mir viel erzählt von ihren Eltern, Geschwistern, Freundinnen und der Musik, die sie gern hört. Ansonsten daddelt sie den lieben langen Tag und manchmal auch nachts auf ihrem Handy.

„Hast du dich ihr anvertraut?"

Wie denn anvertraut? Was sollte ich ihr erzählen und warum?

Oma scheint zu wissen, was in mir vorgeht. Sie sagt: „Mir wäre es wirklich sehr lieb, wenn du übermorgen zu mir kommst und ein paar Tage bleibst. Ich möchte vieles mit dir besprechen, doch das Krankenhaus ist nicht der richtige Ort dafür."

Was denn besprechen? Weiß sie etwas von Pia?

„Ich kann nicht. Ich muss mich um Pia kümmern."

„Nein, das musst du nicht. Es hat alles seine Ordnung und Richtigkeit."

Ich möchte ihr gern glauben, doch im Moment ist mir alles zu viel. Pia, Mutter, die Frau vom Jugendamt, die Polizei, meine Arbeit – alles schwirrt mir gleichzeitig durch den Kopf. In meinen Schläfen hämmert es heftig.

„Ich soll dich ganz lieb von Abdel grüßen."

Überrascht schaue ich sie an.

„Von wem?"

„Von meinem Sohn Christian. Er denkt oft an dich und euer Gespräch, von dem er mir erzählt hat."

Beschämt schaue ich auf meine Hose, weil ich

überhaupt nicht mehr an ihn gedacht habe.

„Ist er hier?"

„Er ist in die Türkei zurückgekehrt."

Zurück in die Türkei? Was mag er dort wollen?

„Er hat dort eine Frau und drei süße Kinder. Willst du sie sehen?"

Oma holt ihr Handy aus der Tasche und wischt darauf herum. Dann zeigt sie mir Fotos von Christian, einer schönen Frau, die ein schwarzes Kopftuch trägt, und ganz viele Aufnahmen von Kindern. Alle drei haben schwarze Haare, dunkle Augen und lachen in die Kamera. Ein Mädchen sieht aus wie Pia, als sie kleiner war, lacht aber ganz genau wie Lilli. Das stimmt mich sofort fröhlich und ich lächle Oma an. Sie zeigt mir nun das Haus, in dem Christian mit seiner Familie lebt. Es ist ein sehr schönes, aber einfaches Haus, etwas größer als unseres, doch ohne einen Garten. Um das Haus herum sehe ich nur Steine und Geröll, kein Gras, keine Bäume, nur einige Sträucher. Überhaupt wirkt alles kahl und staubig. Ich könnte nirgendwo wohnen, wo es keine Bäume gibt.

„Gib mir deine Handynummer, damit ich sie gleich speichern kann!"

„Ich habe kein Handy."

„Nicht?"

Ich schüttle den Kopf.

„So etwas brauche ich nicht."

„Und ob du so etwas brauchst! Dann kannst du mich jederzeit – auch von unterwegs - anrufen oder deine Arbeit, deine Freundin, deinen Freund. Wie heißt er denn?"

„Hannes", platzt es ganz ungewollt aus meinem Mund.

Ich weiß, dass das gelogen ist, denn Hannes ist nur im Traum mein Freund. Ich denke oft an ihn und möchte ihn gern kennenlernen, anfassen.

„Hannes und Hanni – das finde ich hübsch", freut sich Oma.

Ich werde sofort rot.

„Und jetzt gehen wir rauf in dein Zimmer und packen die Tasche aus. Ich habe dir ganz viel mitgebracht zum Anziehen und zum Naschen."

Wieder steigen mir die Tränen in die Augen, so dass ich mich schnell umdrehe und zum Fahrstuhl vorausgehe. Oma soll nicht merken, dass ich plötzlich eine Heulsuse bin. Was soll sie nur von mir denken?

*****

Aus der Tasche holt Oma Wechselkleidung, Nachtzeug und Hausschuhe. Sie hält mir eine grasgrüne Tasche entgegen, auf der bunte Streublümchen abgebildet sind. So etwas Hübsches habe ich noch nie besessen.

„Schau hinein!"

Darin sind neues Zahnputzzeug, Cremes für Gesicht und Körper, Seife, Duschgel und zwei verschiedene Haarbürsten.

„Gefällt es dir?"

Völlig sprachlos nicke ich. Noch nie hatte ich eine Hautcreme oder gar eine für den Körper und auch keine so schöne Bürste mit weichen Borsten für die Haare.

„Ich muss mit dir reden", verkündet Oma ernst, als meine Bettnachbarin das Zimmer verlässt. „Ich war bei der Polizei."

Erschrocken schaue ich sie an.

„Das ist eine schlimme Geschichte, doch ich kann sie dir leider nicht ersparen."

Es geht um Pia, das fühle ich genau. Ich falte meine Hände wie zum Gebet und drücke die Finger fest gegeneinander. Bitte, lieber Gott, lass Pia nichts Schlimmes passiert sein, bete ich inbrünstig.

„Dass du einen Unfall hattest und im Krankenhaus liegst, weiß ich von deiner anderen Oma, der Mutter deines Vaters. Sie sagte mir am Telefon, dass du Wäsche und Kosmetikartikel brauchst."

Mir fällt ein, dass ich der Krankenschwester die Adresse von Vaters Eltern gab. Die haben also Mutters Mutter informiert. Warum sind sie nicht zu mir ins Krankenhaus gekommen? Nun, sie werden viel Arbeit haben und können nicht einfach ihre Firma schließen, um mir Wäsche zu bringen. Auch Vater nicht.

„Mehr sagte sie nicht. Ich habe nicht lange darüber nachgedacht, weshalb sich deine Eltern nicht kümmern, sondern bin sofort zum Haus gefahren, um die Sachen für dich zu holen. Die Tür war nicht zugesperrt, was für mich ein Glück war, weil ich gar keinen Schlüssel habe."

Vor Schreck halte ich beide Hände vor den Mund. Wenn nun jemand eingebrochen wäre!

„Nicht zugesperrt? Aber ich habe wie immer die Haustür abgeschlossen, bevor ich fortging. Das weiß ich genau, weil ich es nie vergesse."

„Ich weiß, Mädchen." Oma schaut mich ernst an und wiederholt: „Es ist eine wirklich schlimme Geschichte."

Was kann nur passiert sein? Etwas pocht von innen gegen meine Schädeldecke.

„Pia! Es geht um Pia, nicht wahr?"

„Mach dir um Pia keine Sorgen! Ihr geht es gut."

Erleichtert seufze ich und lockere meine Hände. Dabei merke ich, dass sie schmerzen, die Finger sind ganz weiß und die Knöchel rot wie entzündet oder angeschlagen.

„Die Tür war aufgebrochen."

Du lieber Himmel! Das ist ja furchtbar!

„Ist sie … Ist die Tür kaputt?"

„Keine Sorge, ich habe ein neues Schloss einbauen lassen und dir den neuen Schlüssel mitgebracht."

Hoffentlich kostet das neue Schloss nicht so viel. Ich habe überhaupt kein Geld mehr. Ich weiß auch nicht, ob Mutter welches hat, ob sie überhaupt ein Konto besitzt oder irgendein Versteck im Haus. Ich weiß nur, dass sie im Dorf hier und da geholfen hat. Ob sie dafür mit Ware oder Geld oder gar nicht bezahlt wurde, weiß ich allerdings nicht. Sie ist nie in einer Firma arbeiten gegangen, weil ihrer Meinung nach die Frau ins Haus gehört.

„Ich muss dir sagen, dass es schlimm aussah im ganzen Haus. Alle Schränke waren aufgerissen, Kleider und Matratzen lagen mitten im Zimmer."

Was kann der Einbrecher nur gesucht haben? Bei uns gibt es nichts zu holen. Wir haben keine Reichtümer.

„Ich habe natürlich sofort die Polizei angerufen. Als sie die Adresse hörten, baten sie mich zur Dienststelle."

Oma nimmt wieder meine Hände in ihre und klopft sanft auf meine Finger. Das beruhigt mich ein wenig.

„Natürlich dachte ich, dass ich auf dem Revier eine Anzeige machen sollte. Doch dem war nicht so."

„Nicht?"

Oma schüttelt ihren Kopf.

„Nein. Es war kein Einbruch, es war eine polizeiliche Hausdurchsuchung."

„Eine …?"

Sie nickt.

Mir fällt die Frau vom Jugendamt ein. Sie sagte, dass sie am nächsten Tag mit der Polizei käme und ich ihr öffnen und alles zeigen müsste. Doch ich war nicht daheim. Ich lag im Krankenhaus.

„Beruhige dich, Mädchen! Alles ist gut."

„Nichts ist gut", schluchze ich und erzähle alles, was sich an diesem Abend im Haus zugetragen hat. Ich kann mich noch ganz genau an jedes einzelne Wort von Frau Wieland erinnern.

„Die Frau sagte, Pia sei verletzt und ich hätte ihr etwas zuleide getan."

Niemals würde ich meine Schwester verletzen.

„Ich weiß. Ich habe mit der Polizei gesprochen und auch mit der Frau vom Jugendamt."

„Wie geht es Pia?"

„Ich sagte doch, ihr geht es gut."

„Aber was ist passiert? Ich verstehe das alles nicht."

„Pia ist in schlechte Gesellschaft geraten, an falsche Freunde, eine Diebesbande."

„Pia ist kein Dieb!", rufe ich aus.

„Sie hat gestohlen und sie hat gelogen. Sie hat erzählt, dass du sie zum Diebstahl gezwungen und als sie sich weigerte, übel zugerichtet hast."

Das glaube ich nicht. Das kann ich gar nicht glauben. Warum sollte meine Schwester so etwas erzählen?

„Glaubst du das auch?"

„Aber nein, Mädchen!"

Oma umarmt mich. Immerhin glaubt Frau Wieland, dass ich ein Dieb und brutaler Schläger bin.

„Inzwischen weiß man, wer Pia geschlagen hat. Das waren ihre sauberen Freunde."

Mir fallen die vielen Kisten ein, die in Vaters Schrank versteckt waren. Das kann tatsächlich nur Diebesgut sein. Doch warum stiehlt Pia Computerspiele, obwohl wir keinen Computer besitzen? Ich begreife das nicht. Ich begreife überhaupt nichts und reibe mir mit beiden Händen die Schläfen.

„Mach dir keine Sorgen! Ich habe mit der Frau vom Jugendamt, den Polizisten und auch mit Pia gesprochen."

Gespannt schaue ich Oma an.

„Ihr droht eine Jugendstrafe wegen schweren Diebstahls."

Mit jedem Satz von Oma hört sich die Sache

schlimmer an. Ich habe plötzlich starke Kopf-
schmerzen und das Bedürfnis, mich zu verkriechen. Immer, wenn ich Angst bekomme, will ich
mich verstecken, am liebsten im Wald. Doch
hier ist kein Wald. Ich bin im Krankenhaus.
Ganz allein.

Nein, das stimmt nicht. Oma ist hier und sorgt
sich um mich, obwohl wir uns überhaupt nicht
kennen. Mutter ist viel schlimmer krank als ich,
Lilli weit weg und Vater hat keine Zeit.

„Dass es deiner Mutter nicht gut geht, habe ich
erst von Frau Wieland erfahren. Und die weiß
es von Pia. Natürlich habe ich Christine sofort
besucht. Doch ich konnte ..." Sie räuspert sich.
„Ich *wollte* ihr nichts von Pia erzählen."

„Und Vater? Hast du ihm von Pia erzählt?"

Oma schüttelt den Kopf. Ich merke, dass sie
überlegt, ob sie noch etwas sagen oder es für
sich behalten will. Es muss etwas Schlimmes
sein. Sie will mich schützen, das spüre ich.

„Mach dir keine Sorgen, Mädchen! Alles wird
gut. Pia ist in einem Heim untergebracht, ihr
gefällt es dort. Ich hole dich übermorgen hier ab
und nehme dich erst einmal mit zu mir. Dann
erzähle ich dir alles ganz genau. Einverstanden?"

Ich nicke, doch mir ist nicht wohl dabei.

„Für heute ist es genug. Du sollst nur wissen,
dass es Pia gut geht und du bei mir immer will-

kommen bist."

Wieder nicke ich.

Oma küsst mich zum Abschied und winkt noch einmal von der Tür.

Ich lasse mich zurück ins Bett sinken und wünsche mir, dass ich an nichts mehr denken muss. Doch es gelingt mir nicht.

Alles ist so anders, seit Vater nicht mehr daheim ist. Er kam einfach nicht mehr wieder, auch dann nicht, als Mutter plötzlich krank wurde, ins Krankenhaus musste und ich mit Pia allein war. Ich habe bei den Großeltern angerufen, doch er war nie zu erreichen, rief nie zurück und kam auch nicht nach Hause. Auch Lukas nicht.

Und nun ist Pia ein Dieb und wohnt in einem Heim. Oma sagt, dass auch Mutter in einem Heim lebt. Ich finde das furchtbar! Was soll ich nur tun? Ist das jetzt die Strafe Gottes, mit der Mutter immer drohte?

*****

Seit gestern wohne ich bei Oma. Es ist wunderschön hier. Ich habe ein Zimmer ganz für mich, hellgrüne Gardinen mit bunten Streublümchen drauf. Auch auf dem Bettbezug sind Blumen in den gleichen Farben. Woher weiß die Oma, dass ich die kleinen Feldblumen so gern mag?

Sie hat sogar eine Vase voller Blumen aufgestellt und Topfpflanzen auf dem Fensterbrett. Es gibt einen Schrank für alle meine Sachen und sogar einen Schreibtisch, auf dem Omas Computer steht, den ich benutzen darf. Er ist viel kleiner als der in der Schule und nennt sich Laptop.

Oma hat mir ein Handy geschenkt. Ich weiß gar nicht, was ich dazu sagen soll. Benutzt habe ich es noch nicht.

„Dein erster Anruf wird im Krankenhaus sein!", bestimmt sie.

„Im Krankenhaus?"

„Ja, bei deiner Arbeit." Oma lacht. „Sie werden sich freuen, dass du ab morgen wieder gesund bist. Doch morgen ist erst einmal wieder Unterricht. Von hier aus bist du in fünf Minuten in der Berufsschule."

Ich umarme sie und bringe vor lauter Rührung und Dankbarkeit kein Wort über die Lippen.

„Doch zuerst besuche ich Mutter!"

Oma beschreibt mir den Weg zum Heim, das ich leicht zu Fuß erreichen kann.

*****

Eine Schwester öffnet die Tür, zeigt mit der Hand auf das Bett, worin eine alte Frau liegt, und sagt: „Da ist deine Mama."

Das ist nicht meine Mutter! Das kann sie gar nicht sein. Diese Frau hat eingefallene Wangen und riecht seltsam. Ich vermisse den vertrauten Mutter-Geruch und den stets missbilligenden Blick. Die Augen der Frau schauen starr vor sich hin, als ob sie etwas sieht, was ich nicht sehe.

„Geh nur!"

Die Schwester schiebt mich sanft an den Schultern näher zum Bett. Sie greift nach meiner Hand und legt sie auf die Hand meiner Mutter. Verwirrt halte ich die Luft an, denn Mutter mochte keine Berührungen. Ich fühle ihre knochige Hand, die mir viel kleiner und schmaler als früher erscheint und betrachte die fast durchsichtige Haut.

„Nimm ihre Hand, das spürt sie", ermuntert mich die Schwester und lächelt mich an.

Mutter zieht ihre Hand nicht zurück. Also ist sie wirklich sehr krank.

„Du kannst mit ihr reden. Sie hört dich, doch sie kann nicht antworten."

Noch einmal lächelt die Schwester, bevor sie zur Tür geht und mich mit Mutter allein lässt.

„Wie geht es dir?", flüstere ich.

Das war eine dumme Frage, denn ich sehe doch, dass es ihr schlecht geht. Außerdem kann sie nicht antworten.

„Ich bin´s, die Hanni." Sofort korrigiere ich mich.

„Die Johanna."

Ich will ihr beistehen, sie trösten. Doch ich weiß nicht, was ich sagen soll, was sie hören will, ob sie überhaupt etwas hören will. Mit Mutter habe ich mich nie unterhalten. Sie bestimmte, was ich tun sollte und bestrafte mich, falls ich es nicht zu ihrer Zufriedenheit tat. Mehr gab es nicht zu sprechen. Jetzt könnte ich von meiner neuen Arbeit erzählen oder von Hannes, der seltsamerweise immer in meinem Kopf herumspukt.

Der Gedanke an Hannes bringt mich zum Lächeln, doch von ihm werde ich Mutter nichts erzählen. Es gibt auch nichts zu erzählen. Mit Patienten unterhalte ich mich gern, auch mit denen, die selbst nicht reden können. Doch mit Mutter kann ich das nicht. Sie wird spüren, dass ich hier sitze und sich wünschen, Pia wäre hier.

Doch Pia wird nicht kommen, denn sie wollte unsere Mutter nicht einmal im Krankenhaus besuchen.

Ich überlege, ob es daheim ein Foto von Pia gibt. Das könnte ich vergrößern lassen und hier auf den Nachttisch stellen. Das freut sie sicher. Vielleicht gibt es sogar ein Bild von uns vier Geschwistern. Auch das könnte ich vergrößern und an die Wand hängen, falls das erlaubt ist.

Ich erinnere mich, dass Michael vor vielen Jahren ein Familienfoto von uns allen machte, sogar Vater ist mit drauf. Pia war noch ganz klein, sie saß auf Mutters Schoß. Dann hat sie ihre Familie wenigstens als Bild bei sich.

*****

Oma zieht mich nach dem Abendessen in die Sofaecke und gießt uns ein Glas Wein ein.

„Alles wird gut", lautet ihr Trinkspruch. „Wenn du Gutes glaubst, geschieht Gutes."

Ich mag solche platten Sprüche nicht, obwohl mir der Gedanke gefällt, dass alles gut wird. Doch wie soll das gehen? Mutter ist nicht mehr im Krankenhaus, wo die Ärzte sie gesund gemacht hätten. Sie ist in einem Heim, kann nicht sprechen und sieht aus wie eine alte Frau, obwohl sie nicht einmal vierzig Jahre alt ist. Mir ist klar, dass es mit ihr nicht mehr gut werden kann.

Und was ist mit Pia? Kann mit ihr alles wieder gut werden? Reicht es, wenn ich daran glaube?

„Erzähle mir von Pia!", bitte ich.

Oma nickt, gießt sich Wein nach und schaut mich ernst an.

„Ich habe lange mit Frau Wieland vom Jugendamt gesprochen. Sie hat mir erklärt, dass sich das Heim, in dem Pia jetzt ist, Kindernothilfe nennt. Dort werden Kinder aufgenommen, die nicht in ihrer Familie bleiben können, weil etwas Schlimmes vorgefallen ist."

Wie bei Pia. Unser Vater hat uns verlassen, die Mutter ist schwer krank und wird in einem Heim versorgt. Besonders schlimm ist, dass Pia gestohlen und gelogen hat.

„Die ersten sieben Tage sind kostenfrei."

Und danach? Danach hilft man den Kindern nur, wenn sie dafür bezahlen? Ich weiß, dass jeder Patient über achtzehn Jahre im Krankenhaus zehn Euro pro Tag zahlen muss und zwar 28 Tage lang. Das wären 280 Euro. So viel könnte ich für Pia aufbringen. Doch sie ist noch keine achtzehn und auch nicht im Krankenhaus. Ist ein Kinderheim teurer als ein Krankenhaus?

Oma macht mit der Hand ein Zeichen, dass ich sie jetzt nicht unterbrechen soll.

„Danach kostet jeder Tag 230 Euro."

„230 Euro?!", rufe ich entsetzt aus. „Wer hat denn so viel Geld?"

Lilli hat mir erzählt, dass sie mit ihrer Freundin eine Woche Urlaub auf Mallorca macht und pro Person nur 300 Euro zahlt inklusive Flug und Halbpension. Das Heim für Pia kostet 230 Euro pro Tag? Nicht pro Woche. Das kann ich nie im Leben bezahlen!

Wieder hebt Oma eine Hand und ich begreife,

dass sie mir alles erklären wird.

„Pia wird vielleicht schon ab nächster Woche in einer Wohngruppe betreut, was nicht so teuer ist."

Was heißt: nicht so teuer? Die Hälfte? Ich hatte nicht einmal hundert Euro für uns Beide für eine ganze Woche Essen verbraucht. Pia kann unmöglich in diesem teuren Heim bleiben. Sie muss wieder nach Hause und zwar sofort! Oder will sie gar nicht mehr nach Hause?

„Was soll ich nur tun?", frage ich verzweifelt.

„Erst einmal tust du gar nichts. Freue dich lieber, dass Pia gut versorgt ist. Sie geht jeden Tag zur Schule, bekommt Taschengeld und ihr Essen. Sie kochen zusammen, treiben Sport, machen Spiele wie in einer Familie."

Kochen wird Pia nicht gefallen, aber Spiele mit anderen Kindern und vor allem das Wohnen in der Stadt.

„In dieser Wohngruppe darf sie bis zu ihrem 18. Geburtstag bleiben. Danach kann sie eine eigene Wohnung beziehen."

So weit planen sie also voraus. Das heißt, ich wohne ganz allein in dem einsamen Haus am Fluss, wenn ich nicht mehr bei Oma bleiben kann. Mir gefällt es hier und ich würde am liebsten nie mehr weggehen. Das geht natürlich nicht. Leider.

Ich seufze.

Mir ist auf einmal klar, dass Pia nicht mehr in unser Haus zurück will. Sie liebt die Stadt, das Kino, die vielen Geschäfte. Das Land und unsere Hühner mag sie nicht.

Doch wer soll das alles bezahlen? Meine Ausbildung endet erst im nächsten Jahr.

Oma sieht mir an, worüber ich mir so große Sorgen mache und klopft mit ihrer Hand beruhigend auf meinen Arm.

„Das Jugendamt bekommt das Kindergeld, was schon einen Teil der Kosten abdeckt. Über den Rest machen wir uns Gedanken, wenn es soweit ist."

*****

„Jetzt bist du an der Reihe, mir etwas über deine Familie zu erzählen!", bittet Oma. „Seit Lilli weggezogen ist, weiß ich von eurem Leben eigentlich gar nichts."

„Ich vermisse Lilli", sage ich traurig. „Sie hat mich früher oft zum Lachen gebracht."

Oma nickt.

„Auch ich mag ihre unbekümmerte Art sehr."

Pia vermisse ich nicht, wofür ich mich schäme. Ich bin sogar froh, dass sie anderswo lebt und ich nicht mehr für sie verantwortlich bin. Sie war nie zufrieden, schimpfte viel, schlug um sich und machte mir das Leben schwer.

Aber ich will nicht ungerecht sein, denn sicher hat sie ebenso gelitten wie ich, dass Lilli, Vater und Lukas nicht mehr bei uns waren und Mutter schwer krank im Krankenhaus lag. Sie konnte es nur nicht so zeigen.

„Du hast dir die Sache mit Pia einfach zu sehr zu Herzen genommen. Deshalb kam es zu deinem Unfall", sagt Oma.

Das verstehe ich nicht.

Mich hat der heftige Luftzug eines Lkws in den Straßengraben geworfen. Daran trug ich keine Schuld. Vielleicht aber wäre der Unfall nicht passiert, wenn ich früher losgefahren wäre. Doch das konnte ich nicht, weil mich die Frau vom Jugendamt so lange aufhielt. Ich war zum Schluss völlig durcheinander und gleichzeitig wütend auf sie und auch auf mich.

Meint Oma, dass ich unaufmerksam war und es deshalb zu diesem Unfall kam?

„Sieh es mal so: Dein Körper hat sich mit dem Unfall sozusagen selbst gerettet", erklärt Oma.

„Ein Unfall ist etwas Schlimmes und keine Rettung!", entgegne ich etwas hilflos.

„In deinem Fall ist es sehr wohl eine Rettung, das sehe ich ganz deutlich. Du warst ganz allein mit deinen Sorgen um deine Mutter und vor allem um Pia. Dann kam Frau Wieland mit ihrer Geschichte. Das war zu viel für dich."

Das war wirklich zu viel für mich. Außerdem

fehlte hinten und vorn Geld. Ich konnte nicht einmal mehr etwas zu essen kaufen.

„Und nur durch diesen Unfall habe ich von deiner Not erfahren und kann dir nun beistehen und helfen."

So gesehen war dieser Unfall wirklich meine Rettung und ich strahle Oma glücklich und dankbar an.

Dann berichte ich, dass Vater und Lukas ausgezogen sind.

„Wo sind sie denn hin?"

Ich zucke etwas hilflos mit der Schulter.

„Sie wohnen wahrscheinlich beide bei Vaters Eltern, weil sie dort arbeiten und genug Platz im Haus ist."

Ich sage nicht, dass Lilli vermutet, er sei bei einer anderen Frau.

„Das verstehe ich. Ich verstehe nur nicht, warum dich keiner von beiden im Krankenhaus besuchte. Bei Christine ließen sie sich ebenfalls nicht blicken und auch nicht bei Pia. Das gefällt mir nicht."

Mir auch nicht. Ich hätte Vaters Hilfe gebraucht, als ich ganz allein mit Pia war.

„Gab es Streit?"

Wie soll ich das nur formulieren, dass Vater sich versündigt hat und ein Ehebrecher ist?

„Kannst du nicht darüber sprechen?", hakt Oma

nach.

Ich überlege, wie sich Lilli jetzt verhalten würde. Sie würde einfach frei erzählen, was passiert ist und das auf ihre lustige Art. Ich finde es nicht lustig, aber mir ist klar, dass ich Oma eine ehrliche Antwort schulde.

„Michael war bei uns ...", beginne ich und weiß schon nicht mehr weiter.

Oma nickt mir aufmunternd zu.

„Er sagte, dass Vater ..."

Das furchtbare Wort Ehebrecher will mir einfach nicht über die Lippen.

„Da war eine andere Frau, ich meine, Vater hat mit dieser Frau ..."

„Ein Verhältnis?"

Ich nicke.

„Mutter war darüber so zornig, dass sie nie wieder mit ihm gesprochen hat. Deshalb ist er weggegangen und hat all seine Sachen und den Lukas mitgenommen."

Nun ist es heraus und ich seufze erleichtert. Dass Mutter später auch nicht mehr mit mir sprach, behalte ich für mich.

Wieder nickt sie.

„Es wäre klüger gewesen, über alles zu reden. Schweigen löst keine Probleme, Schweigen macht krank."

Will Oma damit sagen, dass Mutter krank wurde, weil sie schwieg? Das halte ich für Unsinn.

„Sie hatte einen Knoten in der Brust. Der entsteht nicht, wenn man schweigt. Der entsteht von selbst", erkläre ich.

„Nein, Mädchen, für diesen Knoten gibt es einen Grund, der tief im Herzen, in der Seele sitzt."

Das glaube ich nicht. Oma runzelt die Stirn. Ist sie etwa verärgert? Soll ich erzählen, dass Vater sagte, dass Mutter sich eines Tages verantworten muss? Doch wofür? *Er* hat einen großen Fehler gemacht, nicht Mutter.

Schließlich sagt Oma mit fester Stimme: „Auch deine Mutter hat Fehler gemacht, viele große Fehler, die Kilian ihr alle verziehen hat. Sie hätte ihm ebenfalls verzeihen müssen."

„Welche Fehler meinst du?", frage ich.

Doch Oma schweigt.

„Warum sagst du nichts?"

Sie nimmt meine Hände in ihre, was ich immer sehr gern mag, und sagt: „Das ist eine lange Geschichte, die ich dir ein anderes Mal erzähle. Jetzt bin ich müde, mein Kind, und möchte ins Bett. Gute Nacht."

Seit einer Stunde liege ich in meinem Bett und warte auf den Schlaf. Aber der Schlaf kommt nicht. Ich habe vergessen, die Vorhänge zu schließen. Jedes Mal, wenn ein Auto vorbeifährt, huscht ein Lichtstrahl zuerst über die Decke und dann kurz an der Wand entlang. Im Haus befinden sich sechs Wohnungen. In der Wohnung über mir knarrt und scharrt es manchmal. Das kenne ich ebenso wenig wie fremde Leute im Haus. Dafür gibt es nicht wie daheim Mäuse, die über die Dielen huschen.

Daheim im Haus gab es keine Vorhänge und auch keine vorbeifahrenden Autos. Es herrschte absolute Ruhe und Dunkelheit, weshalb ich anfangs nicht mit dem vielen Licht und den Geräuschen zurecht kam. Doch Oma sagte, dass ich mich schnell daran gewöhnen würde. Und sie hat Recht.

*****

Bevor ich zu Mutter ins Zimmer gehe, hält mich ein Pfleger auf. Er hat allerlei Blechteile in Nase, Augenbrauen und Lippen, was nicht gerade vorteilhaft aussieht. In unserem evangelischen Krankenhaus sind weder sichtbare Tätowierungen noch Piercings erlaubt, um die Patienten nicht zu erschrecken. Hier glaubt man wohl, dass die meisten Bewohner diese Entstellungen im Gesicht nicht bemerken. So wie Mutter.

„Gestern gingen eine Frau und ein Mann zu deiner Mutter ins Zimmer, die keiner von uns jemals zuvor gesehen hat."

Überrascht schaue ich den Pfleger an.

„Sie blieben nicht lange. Bevor ich den Dienstleiter informieren konnte, waren sie wieder verschwunden."

„Wer könnte das gewesen sein?", überlege ich laut und erkundige mich, ob sich Mutter über den Besuch gefreut hat.

„Eher nicht. Sie war hinterher so unruhig, dass wir ihr ein Schlafmittel geben mussten."

„Vielleicht war sie unruhig vor Freude."

Aufregung muss nicht schlecht für einen Patienten sein und sicher leichter zu verkraften als ein Beruhigungsmittel.

„Nein, sie wirkte verärgert und schrie sogar. Aber sie konnte uns nicht sagen, was passiert war."

Das beunruhigt mich nun doch und ich bitte den Pfleger, die beiden Besucher näher zu beschreiben.

„Eine sehr junge Frau in Jeans und Pulli und ein älterer Mann in dunklem Anzug mit einer Aktenmappe."

Das können nur Pia und Papa gewesen sein, obwohl ich mir Papa nur in der Kirche im Anzug vorstellen kann. Außerdem hätte sich Mutter über Pias Besuch gefreut. Doch wer sollte sonst der Herr im Anzug gewesen sein?

„Moment!", bitte ich und greife nach dem

Familienfoto auf Mutters Tisch.

Ich tippe mit dem Finger auf Papa.

Der Pfleger schüttelt den Kopf.

„Der Mann war gut zwanzig Jahre älter als dieser."

Das Bild ist mindestens zehn Jahre alt, eher noch älter. Doch Papa müsste trotzdem zu erkennen sein. Wir Kinder nicht, denn wir gingen gerade mal zur Schule und Pia war noch ein Baby.

„Ich denke, es war meine kleine Schwester mit unserem Vater", sage ich, obwohl ich nicht wirklich daran glaube. „Es ist schön, wenn sie Mutter endlich besuchen."

„Auf mich wirkten die Beiden nicht wie Vater und Tochter, eher wie eine Sozialarbeiterin und ein Anwalt." Der Pfleger zuckt mir der Schulter. „Aber ich weiß es natürlich nicht."

„Anwalt? Wozu braucht meine Mutter einen Anwalt?"

Wieder zuckt der Pfleger mit der Schulter. Es war eine dumme Frage. Der Mann kennt die Besucher nicht. Doch Mutter kann keinen Anwalt bestellt haben, weil sie schon lange nicht mehr spricht, obwohl keiner so genau weiß, ob sie nicht kann oder nicht will.

„Wenn es ein gerichtlich bestellter Betreuer wäre ..."

„Ein was?"

„Falls es keine Familienangehörigen gibt, wird vom Gericht ein Betreuer bestimmt, der sich um die Belange des Bewohners kümmert, wenn er das nicht mehr selbst kann. Doch das wüssten wir und bei deiner Mutter steht nichts dergleichen im Computer."

„ Außerdem hat sie mich und meine Oma. Wir sind schließlich fast jeden Tag hier."

„Genau."

„Du hattest Besuch?", frage ich Mutter.

Wie immer kommt weder eine Antwort noch eine Reaktion. Ich weiß, dass es nichts bringt, in sie zu dringen, doch irgend etwas muss ich schließlich sagen.

Heute habe ich Joghurt und eine Banane mitgebracht. Das mag sie gern und öffnet bereitwillig den Mund, damit ich sie füttern kann.

Ich erzähle ihr von meiner Arbeit und dem Haus. Aber ich sage ihr nicht, dass ich die Hühner zum Nachbarn gebracht habe, weil ich seit Wochen bei Oma wohne. Ich möchte nicht, dass sie sich ärgert, denn ich weiß nicht, was sie alles noch hören und begreifen kann.

*****

Später erzähle ich Oma von den zwei seltsamen Besuchern im Pflegeheim. Doch auch sie hat keine Idee, wer das gewesen sein könnte.

„Wenn es wichtig ist, werden wir es erfahren", tröstet sie mich.

Dabei sehe ich ihr an, dass sie sich Sorgen macht. Vermutlich geht es um die Kosten für die Pflege, die vorerst das Sozialamt übernommen hat. Mutter hat keine Einkünfte und mein Lehrgeld darf ich komplett behalten, weil es kaum tausend Euro übersteigt.

In der letzten Woche waren Oma und ich auf dem Sozialamt, nachdem ich im Haus einen Brief an Mutter vorfand. Weil er vom Gericht kam, hat ihn Oma geöffnet. So haben wir erfahren, dass sich Vater scheiden ließ. Ausgerechnet jetzt, wo Mutter so schwer krank ist und nichts dagegen machen kann. Ich weiß, dass sie sich niemals scheiden lassen wollte. Gilt eine Scheidung überhaupt, wenn ein Partner nicht zustimmt und bei der Verhandlung gar nicht dabei ist?

Das Amt übernimmt VORERST die kompletten Kosten für Mutters Pflege im Heim, weil Vater weder Vermögen noch ein ausreichend hohes Einkommen hat, um sich zu beteiligen.

Ein großes Problem sei allerdings die Krankenkasse, weil Mutter bisher bei ihrem Mann familienversichert war.

Und was ist mit mir? Auch ich bin über Vater

krankenversichert. Oder bin ich das gar nicht mehr? Werde ich darüber nicht informiert? Darf man überhaupt arbeiten, wenn man gar nicht versichert ist?

Die Frau vom Amt konnte mir keine meiner Fragen beantworten. Sie hat mir geraten, mich bei der Krankenkasse zu erkundigen.

Auf einmal habe ich Probleme, über die ich in meinem ganzen Leben noch niemals nachdenken musste.

*****

Ich öffne die Tür zu unserem Haus, kann aber nicht eintreten, weil der Flur vom Boden bis zur Decke mit Kartons zugestellt ist. Ich kenne diese bunten Schachteln, es sind die gestohlenen Computerspiele, die in Vaters Schrank versteckt waren. 47 Stück! Das weiß ich noch genau. Frau Wieland hat mir verboten, sie anzurühren, doch ich muss sie beiseite räumen, damit ich ins Haus kann. Ich muss! Denn Mutter ruft nach mir. Ich höre ganz deutlich, wie sie schimpft.

„Da ist sie, die Diebin! Haltet sie!"

Woher kam diese Stimme? Ich drehe mich um und sehe viele Leute, die bedrohlich mit den Armen wedeln. Einige haben Stöcke in ihren

Händen. Es werden immer mehr. Sie kommen vom Fluss herauf und die Dorfstraße herunter.

„Ich bin kein Dieb!", rufe ich, so laut ich kann. Doch es kommt kein Ton aus meinem Mund.

Ein Mann schreit: „Packt sie! Sie darf uns nicht entwischen!"

Ich kann mich nicht ins Haus retten, weil mir die vielen Kartons den Weg versperren. Ich muss weglaufen, hinaus aufs Feld. Doch so schnell ich auch renne, ich komme nicht vorwärts und die Leute immer näher. Ich höre sie keuchen und spüre, wie jemand nach meinem Arm greift. Meine letzte Rettung ist der Fluss. Ich springe hinein und schlage hart mit dem linken Fuß auf einem Stein auf.

„Was ist, Mädchen?"

Oma steht neben meinem Bett und legt ihre Hand beruhigend auf meine Schulter.

„Du bist ja ganz nass!"

Der Fluss! Das kalte Wasser!

„Warte! Ich hole dir ein frisches Nachthemd."

Ich habe nur geträumt! Ein Albtraum! Erleichtert sinke ich auf mein Kissen zurück und merke, dass mein Bauch, mein Rücken, Brust und Hals klatschnass geschwitzt sind. Auch das Hemd ist nass. Ich reibe trotzdem damit auf meinem Körper herum. Besser wäre, ich würde mich kurz duschen. Doch ich kann nicht auftreten, weil in meinem linken Fuß tausend Nadeln stechen und ich das Gefühl habe, unter dem Fuß keine Delle, sondern eine dicke Beule zu haben.

Oma lacht, als ich ihr davon erzähle und massiert den Fuß.

„Er ist nur eingeschlafen", erklärt sie. „Jetzt kannst du aufstehen, ich halte dich."

Im ersten Moment fühle ich mich wackelig, doch das vergeht schnell. Ich greife nach dem Hemd, das mir Oma reicht und gehe ins Bad.

Beim Duschen verschwinden so langsam die bedrohlichen Traumbilder. Trotzdem überlege ich, was dieser böse Traum wohl zu bedeuten hat.

*****

Mein Handy klingelt und jemand aus dem Heim teilt mir mit, dass Mutter eingeschlafen ist und ich kommen soll. Ich bin sowieso gerade auf dem Weg zu ihr wie immer um diese Zeit. Es stört mich nicht, dass sie gerade schläft, weil wir ohnehin nicht miteinander reden.

„Es tut mir leid", sagt eine Schwester und fügt hinzu: „Deine Mutter liegt in ihrem Bett."

Das weiß ich, denn Mutter liegt immer in ihrem Bett. Sie kann nicht aufstehen und nicht einmal in einem Sessel oder Rollstuhl sitzen.

Sanft legt mir die Schwester ihren Arm auf die Schulter.

„Du kannst zu ihr hineingehen. Nimm dir die Zeit, die du für den Abschied brauchst."

Sie öffnet die Tür. Aber ich kann mich nicht überwinden, ins Zimmer zu gehen. Ich gehe weiter den Gang entlang bis zu seinem Ende. Am Fenster bleibe ich stehen, schaue hinaus in den kleinen Park und betrachte die Blumen. Sie sind in einer Art Gestell angeordnet. Ich überlege, ob die Therapeuten alles so hübsch arrangiert haben oder ob es einen Gärtner gibt. Bisher ist mir noch keiner begegnet. Dabei komme ich seit vielen Wochen nahezu täglich hierher. Seit wann genau lebt Mutter hier? An das genaue Datum kann ich mich seltsamerweise nicht erinnern.

Ich sollte sie jetzt endlich besuchen. Sie wird schon warten, auch wenn sie nie mit mir spricht und nur ins Leere starrt. Aber vielleicht spürt sie, dass ich bei ihr bin.

Ich gehe den Gang zurück und bleibe vor einer halb geöffneten Tür stehen. Im Zimmer liegt eine Frau auf dem Bett. Sie sieht nicht gut aus. Es gehört sich nicht, in fremde Zimmer und Betten zu schauen. Beschämt gehe ich weiter. Die Schwester steht noch immer im Gang und sagt noch einmal, dass ich hineingehen darf.

Sie zeigt auf die offene Tür, in der diese Frau liegt. Sicher soll ich mich um diese Kranke kümmern, schließlich bin ich Krankenschwester.

Ich sehe sofort, dass die Frau tot ist und keine Hilfe mehr braucht. Ihre Wangen sind eingefallen, die Haut unnatürlich blass, fast wächsern. Sie ist noch nicht alt, vermutlich maximal fünfzig Jahre, nicht viel älter als Mutter. Irgendwie sieht sie ihr sogar ähnlich, obwohl diese Frau freundlich und friedlich wirkt, nicht so angespannt und verkniffen wie Mutter.

„Sie ist leicht gestorben. Das könnte ein Trost sein."

Ich nicke.

„Du kannst so lange hier bleiben wie du magst."

Die Schwester geht und schließt die Tür hinter sich.

Ich weiß nicht, was ich machen soll. Also setze ich mich auf den Stuhl neben das Bett und hole mein Buch aus der Tasche. Das Titelfoto berührt mich. Es zeigt eine Frau, die die Hand eines kleinen Mädchens hält. So hat Mutter nie meine Hand gehalten, aber ich habe es mir immer gewünscht.

Ich lasse das Buch sinken und betrachte wieder die tote Frau. Ob sie wohl Kinder hat? Die werden traurig sein, wenn sie vom Tod ihrer Mutter erfahren. Sie tun mir leid, obwohl ich sie nicht kenne. Doch sie werden noch einen Vater haben, der sich um sie kümmert und auch um die Beerdigung, die Trauerfeier, das Haus. Sicher haben sie ein Haus ganz in der Nähe. So wie wir. Nur haben wir keinen Vater, der sich um uns kümmert.

Ich wäre auch traurig, wenn meine Mutter stirbt, obwohl sie nie meine Hand gehalten hat. Jeder ist traurig, wenn seine Mutter stirbt.

Oma kommt zur Tür herein.

„Was machst du hier?", frage ich überrascht.

Wortlos umarmt sie mich. Ich sehe, dass sie geweint hat. Nun geht sie zu der Frau und streichelt sanft ihre Wange. Das wundert mich und ich frage: „Kennst du die Frau?"

Oma nickt und streichelt jetzt auch mich.

„Warte bitte draußen auf mich! Ich brauche nicht lange."

Ihre Bitte wundert mich zwar, doch ich setze mich in den Sessel, der im Gang vor dem Fenster steht und nehme mein Buch aus der Tasche. Bevor ich lese, betrachte ich noch einmal das schöne Titelbild, das so viel Zärtlichkeit und Fürsorge ausstrahlt. Sofort versinke ich in der Geschichte, in der eine Mutter ihre verschwundene Tochter sucht.

Trotzdem höre ich, dass sich die Krankenschwester mit Oma unterhält. Sie reden über jemanden, der den Tod seiner Mutter nicht wahrhaben will. Das macht mich so traurig, dass mir die Tränen übers Gesicht laufen und ich nicht mehr aufhören kann zu weinen.

*****

„Trinke erst einmal den Kakao", sagt Oma und stellt eine Tasse auf den Couchtisch. „Er wird dir gut tun."

Langsam richte ich mich auf. Habe ich geschlafen? Hier bei der Oma auf dem Sofa? Wie bin ich hierher gekommen? Ich kann mich an nichts mehr erinnern.

Plötzlich fällt mir die tote Frau im Pflegeheim ein und ich überlege, ob ihre Angehörigen inzwischen Bescheid wissen. Ich hatte außer mir nur die Oma an ihrem Bett gesehen und stelle mir vor, wie traurig ich wohl wäre, wenn Mutter sterben würde.

Schnell schiebe ich diesen Gedanken beiseite, doch kurz blitzt eine Ahnung in meinem Kopf auf, weil diese Frau eine gewisse Ähnlichkeit mit Mutter hatte. Zum Glück verschwindet das Bild sofort wieder.

„Ich muss ins Heim zu Mutter. Sie wird warten."

Oma schüttelt den Kopf, setzt sich neben mich aufs Sofa und nimmt mich in den Arm.

„Nein, Mädchen, deine Mutter wartet nicht."

Nach einer Pause setzt sie hinzu: „Sie wartet überhaupt nicht mehr. Sie ist heute Morgen gestorben."

Ich höre die Worte, doch ich begreife sie nicht.

„Gestorben? Wer?", stottere ich.

„Deine Mutter. Sie hat nun ihren Frieden gefunden."

Frieden und Mutter – das passt irgendwie nicht zusammen. Zumindest ist sie ruhiger seit einiger Zeit, sie schimpft nicht mehr, weil sie im Heim nichts über den Ärger mit Pia weiß. Ob ich ihr davon erzählen soll? Lieber nicht! Außerdem glaubt sie mir sowieso nicht.

*****

„Warum musste Mutter sterben?"

Oma schaut mich mitfühlend an und sagt: „Irgend etwas hat ihr Leben so erschüttert, dass sie krank wurde. Denn jede Krankheit hat ihre Ursache in Kummer und Schmerz."

Das hat sie schon einmal gesagt, doch das glaube ich nach wie vor nicht, denn ich bin ausgebildete Krankenschwester und weiß, dass jede Krankheit ihre organische Ursache hat. Sonst könnte man sie nicht mit Operationen und Medikamenten heilen.

Doch was sollte Mutters Leben derart erschüttert haben, dass sie so jung sterben musste?

Sie ist nicht einmal vierzig Jahre alt geworden.
Mir fällt meine Kollegin ein, die jetzt mit 39 Jahren zum ersten Mal schwanger ist. Mutter hatte im gleichen Alter bereits vier Kinder, zwei davon erwachsen. Auch Lukas ist bald volljährig.
Oma scheint meine Gedanken zu spüren und versucht, mich zu trösten.
„Deine Mutter hat vier Kinder geboren, in denen sie jetzt irgendwie weiterlebt. Das ist gut so."
„Aber sie hat uns allein zurückgelassen! Was soll ich nur machen?"

9. Gebot
Du sollst nicht begehren deines Nächsten Frau

Ich stehe im Laden von Vaters Eltern. Oma wollte mich begleiten, doch ich muss es Vater allein sagen, dass Mutter gestorben ist. So etwas tut man nicht am Telefon. Ich habe ihn seit Mutters Erkrankung nicht mehr gesehen und hoffe, dass er im Geschäft und nicht ausgerechnet unterwegs ist. Sicher freut er sich, mich nach dieser langen Zeit endlich wiederzusehen.
Opa kommt hinter einem Regal hervor. Ich will ihn anlächeln, doch seine finstere Miene hält mich davon ab.

„Verschwinde!" schreit er und weist mit der Hand auf die Tür. „Du hast hier nichts verloren!" Erschrocken weiche ich einen Schritt zurück.

Was habe ich denn getan?, will ich fragen, doch aus meinem Mund kommt kein einziges Wort, so verwirrt bin ich.

Schließlich stottere ich: „Die Mutter ist gestorben. Vorgestern."

„Na und? Was geht uns das an?", faucht Opa.

Warum schreit er so? Erkennt er mich nicht?

„Ich bin die Johanna und muss es Vater sagen."

„Nichts musst du ihm sagen. Gehen musst du und zwar sofort! Mein Sohn hat mit diesem Flittchen und deiner ganzen verdorbenen Sippschaft abgeschlossen – ein für alle Mal. Und jetzt raus mit dir!"

„Aber ..."

Papa muss erfahren, dass seine Frau gestorben ist, auch wenn sie inzwischen geschieden sind. Er wusste vielleicht nicht einmal, dass sie krank war und wird sich sehr erschrecken über die Nachricht, die ich ihm überbringen muss.

„Raus!"

Opa macht einen großen Schritt auf mich zu, als wollte er mich eigenhändig aus dem Laden stoßen. Warum? Ich verstehe das nicht und laufe schließlich davon.

Völlig fassungslos setze ich mich auf mein Rad und will sofort losfahren, doch meine Füße rutschen mehrfach von den Pedalen ab. Ich demmle, was das Zeug hält, um nicht nachdenken zu müssen.

*****

Oma kocht Kakao. Das tut sie immer, wenn ich Kummer habe. Ich halte die Tasse zwischen den Händen, als wollte ich mich aufwärmen. Dabei ist mir nicht kalt, sondern speiübel von dem schrecklichen Erlebnis im Geschäft von Vaters Eltern. Was kann nur passiert sein? Ich verstehe Opas Zorn nicht. Ich verstehe nicht einmal, dass er Mutter nicht mag. Sie hat nichts falsch gemacht. Der Fehler lag ganz allein bei seinem Sohn. Papa ist fremdgegangen, hat seine Familie verlassen und sich nie wieder blicken lassen. Nur Lukas hat er mitgenommen. Opa sollte seinen Sohn schimpfen, nicht mich. Und auch nicht Mutter. Mutter ist gestorben. Nicht einmal das hat ihn interessiert.

„Er weiß es nicht! Papa weiß nicht, dass Mutter gestorben ist, weil mich Opa nicht zu ihm lässt." Leise füge ich hinzu: „Er hat mich und Mutter beschimpft und rausgeschmissen. Was soll ich nur machen?"

Meine Hände zittern. Ich muss die Tasse abstellen. Oma nimmt meine Hände sanft in ihre und führt sie an ihren Mund.

„Beruhige dich, Mädchen!

„Weshalb will Opa nichts mit mir und meiner Familie zu tun haben? Und wieso nennt er Mutter Flittchen?"

„Das ist eine lange Geschichte, die nicht einmal ich ganz genau kenne."

„Was für eine Geschichte?", frage ich und nehme nun doch einen Schluck Kakao.

Das heiße Getränk rinnt mir langsam durch die Kehle, während ich genüsslich die Augen schließe.

„Man darf über Tote nichts Schlechtes sagen", sage ich und merke, dass sich mein Entsetzen so langsam in Ärger wandelt.

„Doch, das darf man sehr wohl. Wenn in ihnen Schlechtes steckte, darf es auch so genannt werden."

War Mutter schlecht? Ich denke daran, dass ich es ihr nie recht machen konnte, obwohl ich mir immer große Mühe gegeben habe. Sie hat mich jeden Tag beschimpft und sogar geschlagen.

„Wieso habe ich sie trotzdem geliebt?"

„Der Mensch wird für seine Fehler geliebt."

Das erscheint mir überhaupt nicht logisch. Man kann doch keine Fehler lieben. Mutter sagte immer, ich sei unnütz, weil ich alles falsch mache. Hat sie mich trotzdem geliebt? Am Ende, *weil* ich so vieles falsch machte? Mütter lieben immer ihre Kinder, auch wenn das die

Kinder nicht immer merken.

Lilli glaubt das nicht. Sie hat sich bei Michael über Mutters Prügel beklagt. Ich weiß nicht, ob sie glaubte, er würde sie trösten oder Mutter das Schlagen verbieten. Doch er nahm die Bibel und las uns daraus vor.

„Kinder, die nicht gezüchtigt werden, wachsen rebellisch auf, haben keinen Respekt vor Autoritäten und werden es letztlich schwierig finden, Gott willentlich zu gehorchen und zu folgen. Gott selber züchtig uns, um uns zu korrigieren, um uns wieder auf den richtigen Weg zu führen und uns zur Buße über unsere Vergehen anzuregen."

Wir mussten diesen Text abschreiben und auswendig hersagen, damit wir begreifen, dass physische Züchtigung notwendig ist. Sie trägt zum Wohlergehen des Kindes bei und ist Teil einer guten Erziehung.

Danach hat sich Lilli nie wieder beklagt, auch nicht bei Papa.

Papa schlug nicht. Er ließ uns in Ruhe und kümmerte sich nicht weiter um seine Kinder. Genauer gesagt nicht um seine Töchter, er kümmerte sich nur um Lukas. Das kann ich gut verstehen, denn Lukas ist ein Junge und Vater sehr ähnlich. Schon als Kleinkind spielt er am liebsten in Vaters Werkstatt. Sie waren sich schon immer nahe wie zwei Freunde.

„Und nun lässt mich der Vater mit all den Sorgen und dem Haus allein."

„Sei nicht traurig, Mädchen. Kilian wird seine Gründe haben."

Das glaube ich, doch ich verstehe nicht, aus welchem Grund ein Vater seine Töchter im Stich lässt.

„Sei nicht traurig", wiederholt Oma. „Ich bin bei dir und werde dir bei allem helfen, die Trauerfeier organisieren und ..."

„Aber ich habe überhaupt kein Geld!", schluchze ich. „Und ich weiß nicht, ob Mutter welches hat und wo es ist."

„Das lass mal meine Sorge sein", sagt Oma und nimmt mich in den Arm. „Trink deinen Kakao und iss den Kuchen!"

Oma hat Streuselkuchen gebacken. Er ist noch ganz warm und schmeckt köstlich.

Mutter mag ebenfalls Kuchen.

„Ein Stück nehme ich für Mutter mit", sage ich.

Oma schaut mich seltsam an. Ihre Augen sind feucht, ihr Blick traurig und plötzlich fällt es mir wieder ein: Ich muss nichts mehr für Mutter mitnehmen. Nie wieder. Sie ist gestorben.

*****

Meine freien Stunden nach Arbeit oder Schule

waren durchgeplant. Der größte Teil gehörte den Besuchen meiner Mutter. Zum Lernen blieb wenig Zeit, zum Lesen nur ein halbe Stunde vor dem Einschlafen. Meist fielen mir bereits auf der zweiten Seite die Augen zu und manchmal fragte ich mich, was ich überhaupt gelesen hatte.

Jetzt wäre alles einfacher. Doch jetzt bin ich irritiert und weiß nichts mit der Zeit anzufangen. Ich vermisse Mutter, obwohl sie nie mit mir sprach, mich vielleicht nicht einmal wahrnahm. Meine Gedanken waren immer bei ihr und jetzt fallen sie ins Leere. Ich bin wie erstarrt.

„Meine Wohnung ist auch deine Wohnung. Du kannst so lange hier bleiben, wie du möchtest."

Mir geht es gut bei Oma, überhaupt geht es mir besser als jemals zuvor in meinem ganzen Leben. Und doch bin ich im Moment unglücklich und weiß nicht weiter. Verkriechen möchte ich mich, in Luft auflösen. Ich schließe meine Augen und halte die Hände davor. Ich will nichts mehr sehen, nichts mehr hören.

„Was soll ich nur tun?", frage ich verzweifelt.

Oma umfasst meine Hände und zieht sie langsam von meinem Gesicht.

„Ich werde dir jetzt alles erzählen, was ich weiß. Du hast ein Recht auf die ganze verworrende Geschichte. Vielleicht hilft sie dir, deine Mutter und Kilian zu verstehen."

„Als meine Tochter Christine zum ersten Mal schwanger wurde, war sie gerade mal siebzehn Jahre alt. Sie wollte das Kind nicht, doch für eine Abtreibung war es zu spät. Nachdem deine Schwester Elisabeth geboren war, ging deine Mutter sofort wieder aus. Sie tanzte und amüsierte sich gern."

Wie Lilli! Lilli tanzt auch leidenschaftlich gern und geht jede Woche mehrmals aus.

„Die Kleine überließ sie mir. Ich habe aufgehört zu arbeiten, um sie versorgen zu können. Christine war ein wunderschönes und überaus lebenslustiges Mädchen, das jeder gern hatte."

Verwundert schaue ich auf und versuche, mir Mutter als ein lachendes junges Mädchen vor-zustellen. Es gelingt mir nicht. Ich kenne sie nur ernst, missmutig und streng. Sie mochte es nicht einmal, wenn Vater seine Melodien pfiff und Lilli sang.

„Mir schien, dass sämtliche jungen Männer der Stadt hinter ihr her waren, was ihr sichtlich gefiel."

Oma lächelt, während ich fassungslos an ihren Lippen hänge.

„Ein junger Mann war besonders hartnäckig:

Kilian."

„Mein Vater!"

Oma nickt und zuckt gleichzeitig mit der Schulter.

„Wer weiß?"

Sie klopft leicht auf meine Hand und sagt leise: „Ich weiß es nicht."

„Was weißt du nicht?"

„Ich weiß nicht, ob Kilian dein Vater ist."

Hat sie wirklich gesagt, sie weiß nicht, ob Vater mein Vater ist? Aber daran gibt es doch gar keinen Zweifel, denn ich wurde wie Lukas und Pia während der Ehe geboren. Nur Lilli kam vor der Hochzeit zur Welt, weil Mutter erst Siebzehn war und noch nicht heiraten durfte.

Ich bin völlig irritiert und fühle mich auf einmal völlig erschöpft.

Trotzdem bitte ich: „Erzähle weiter!"

„Als mir deine Mutter Kilian vorstellte, waren sie längst verheiratet, heimlich, kurz nach ihrem 18. Geburtstag. Du bist wenige Monate danach geboren. Es ist möglich, dass deine Mutter längst schwanger war, als sie sich mit Kilian einließ. Die Leute erzählten, dass sie recht viele ..." Oma stockt. „Sagen wir mal Bekanntschaften hatte."

Was genau meint sie mit Bekanntschaften? Will sie andeuten, Mutter habe sich mit mehreren Männern eingelassen? Vielleicht sogar gleichzeitig? Ich kann mir das nicht vorstellen. Mutter hat Lilli verboten, mit einem Jungen ins Kino zu gehen und drohte, sie totzuschlagen, falls sie sich mit Burschen trifft.

Mir scheint diese ganze Geschichte völlig unglaubwürdig, weil Mutter, soweit ich zurückdenken kann, immer strenggläubig und überhaupt nicht lebensfroh war. Das passt einfach nicht zu ihr.

„Auf meiner Geburtsurkunde ist Kilian als mein Vater eingetragen", fällt mir ein.

„Der Ehemann wird automatisch als Vater eingetragen. Wenn er glaubt, nicht der Vater des Kindes zu sein, muss er vor Gericht die Vaterschaft anzweifeln."

Das wusste ich nicht. Doch Kilian hat nicht geklagt, also ist er mein Vater oder glaubte es. Hat Mutter ihn getäuscht? Oder war er so verliebt in sie, dass er bewusst zwei fremde Mädchen akzeptierte, die gar nicht seine Töchter waren? Verliebt kam mir Vater nie vor. Ich habe nie beobachtet, dass sich die Eltern berührten, umarmten oder gar küssten. Doch vielleicht küsst man sich nicht mehr, wenn man verheiratet ist.

„Christine wurde sofort wieder schwanger. Mit Lukas. Um ihn hat sich Kilian ganz besonders gekümmert, von Anfang an."

Das stimmt. Lukas kann ich mir nur zusammen mit Vater vorstellen.

„Und Pia?"

Eigentlich ist diese Frage überflüssig, denn Pia wurde erst nach fünf Ehejahren geboren und ist ganz sicher Vaters Tochter.

Oma zuckt mit der Schulter.

„Darüber weiß ich nicht viel, denn als sie zur Welt kam, hatten Christine und ich keinen Kontakt mehr."

„Weil du Christian nicht aufgegeben hast, als er Moslem wurde."

Wieder zuckt Oma mit der Schulter.

„Das ist möglich, doch nicht sehr wahrscheinlich. Christine hat sich damals nicht für das Leben ihrer Brüder interessiert und schon gar nicht für die Kirche."

Mutter ohne Michael und ohne Kirche? Das will mir nicht in den Kopf. Überhaupt fällt es mir schwer, mir all das vorzustellen, was Oma bis jetzt erzählte.

„In der Stadt erzählen sie, dass Christine ein Verhältnis mit einem verheirateten Mann hatte. Man munkelt, es sei der damalige Bürgermeister gewesen, der verheiratet war und den sie sehr geliebt haben soll."

Mutter hat sich mit einem verheirateten Mann eingelassen, obwohl sie selbst verheiratet war und Kinder hatte? Ich fasse es nicht! Das wird Vater gemeint haben, als er sagte, sie habe kein Recht, über ihn zu richten.

„Es gibt verschiedene Gerüchte über Schlägereien und Erpressung, doch wie gesagt: Ich weiß es nicht. Ich hätte Christine damals gern geholfen, doch mit mir wollte sie nicht sprechen. Vielleicht aus Scham. Man erzählt sich, dass Michael sie zwang, in die Kirche zur Beichte zu gehen und Buße für ihr „gottloses" Leben zu tun. Wenn man Christine auf der Straße sah, war sie stets in Begleitung von Michael."

Oma legt mir ein zweites Stück Kuchen auf den Teller und sagt: „Iss, Mädchen! Kuchen ist gut für die Seele. Möchtest du noch Kakao?"

Ich schüttle den Kopf und beiße in den Kuchen. Er schmeckt köstlich, doch eigentlich habe ich gar keinen Appetit. Ich weiß nur nicht, wohin sonst mit meinen Händen und außerdem kann ich mit vollem Mund nicht sprechen. Und im Moment will ich nicht sprechen.

„Auf jeden Fall hat sich Christine seitdem sehr verändert."

„Wie denn verändert?", frage ich kauend.

„Schon äußerlich hatte sie sich verändert. Sie färbte ihre Haare nicht mehr rot."

Mutter hatte rot gefärbte Haare? Sie beschimpfte Frauen, die sich die Haare färben und ihre

Augen und Lippen schminken als gottlose Schlampen.

„Aus der lebenslustigen Frau ist eine griesgrämige geworden, die jeden Tag mehrmals in die Kirche rannte."

Genauso sehe ich Mutter vor mir: mit zusammengekniffenem Mund und um den Körper lange dunkle Kittel.

„Das muss Kilian sehr geärgert haben. Vermutlich hat er das einsame Haus unten am Fluss gekauft, damit seine Frau nicht mehr so oft in die Kirche rennen und auch keinen Kontakt zu anderen Männern pflegen konnte."

Er hat es also gewusst und ist trotzdem bei ihr geblieben.

„Wir haben vorher in der Stadt gewohnt?", frage ich verwundert. „Daran erinnere ich mich nicht."

Ich erinnere mich auch nicht an eine fröhliche Mutter, die gern lachte und tanzte, bunte Kleider trug und sich die Haare rot färbte.

„Du warst noch recht klein und hingst sehr an deiner Mutter. Lilli dagegen wäre gern bei mir geblieben. Ich habe nie verstanden, warum sie mich nicht einmal besuchen durfte."

Jetzt ist mir klar, warum Lilli heimlich nach der Schule zu Oma lief. Und ich hatte immer Angst, dass Mutter davon erfährt und sie schlägt.

„Ich hätte Lilli gern zu mir genommen", sagt sie und schweigt, bevor sie ergänzt: „Sie hatte keine Bindung zu ihrer Mutter und erzählte mir später, dass Christine eine lockere Hand hatte."

Lockere Hand. So kann man es auch nennen. Mutter schlug nur Lilli und mich, Lukas bekam kaum etwas ab und Pia nie, obwohl sie richtig biestig sein konnte.

„Mutter hat Pia nie geschlagen."

Oma lächelt.

„Dann ist es wohl wahr, was die Leute sagen: Sie hat diesen Mann sehr geliebt und diese Liebe auf sein Kind, auf Pia übertragen."

Sein Kind. Pia ist also das Kind eines anderen Mannes, den Mutter mehr liebte als ihren Ehepartner. Deshalb hat sie Pia immer geherzt und geküsst. Mich nicht. Auch nicht Lilli und Lukas. Bedeutet das, sie hat nur Pia geliebt und ihre anderen drei Kinder nicht, weil sie deren Väter nicht liebte? Auch Kilian nicht, mit dem sie so viele Jahre zusammen lebte? Ich habe immer geahnt, dass irgend etwas falsch läuft in unserer Familie, doch dass Mutter vier Kinder von vier verschiedenen Männern hat, wäre mir im Leben nicht in den Sinn gekommen. Warum hat sie mich überhaupt geboren, wenn sie meinen Vater nicht liebte? Und nicht den von Lilli. Trotzdem hätte sie uns lieben sollen. Doch wir bekamen Schläge aus einem einzigen Grund: weil es uns gab. Das will mir einfach nicht in den Kopf.

*****

Ich komme nicht zur Ruhe und wälze mich im Bett hin und her. Vor meinen Augen sehe ich mich auf der Treppe im Haus sitzen mit einem Buch auf den Knien. Eigentlich ist es zum Lesen zu dunkel, doch ich darf kein Licht anschalten. Ich muss im Haus bleiben, damit ich jederzeit höre, wenn Mutter nach mir ruft. Viel lieber wäre ich in den Wald gelaufen. Lilli kam immer erst mit dem letzten Bus nach Hause und nahm die Strafpredigt und die Schläge wortlos hin. Sie würde lieber mit ihren Freundinnen lachen als Mutters griesgrämiges Gesicht zu ertragen. Das wäre ihr jede Stunde außer Haus wert.

Ich verstand das damals nicht. Aber ich hatte auch keine Freundinnen. Ich hatte Bücher.

Ich sehe Vater vor mir, wie er Lukas lachend in die Luft wirft, wie er mit ihm spielt, mit ihm bastelt und wandert, seine Eltern besucht. Wir Mädchen dagegen kennen die Großeltern kaum. Jetzt erst ist mir der Grund dafür klar geworden: Es sind nicht unsere Großeltern, sondern nur die von Lukas.

Mich quält, dass ich nicht weiß, wer mein Vater ist. Weiß dieser Mann überhaupt, dass es mich gibt? Ist er ein netter Mensch oder eher nicht?

191

Sehe ich ihm ähnlich? Mochte er Mutter oder nur das Vergnügen mit ihr? Ich habe so viele Fragen und keiner kann sie mir beantworten. Mutter lebt nicht mehr und Oma hat sie sich nicht anvertraut. Vermutlich hat sie sich überhaupt niemandem anvertraut.

Außerdem quält mich die Frage, warum Mutter ihren Mann aus dem Haus trieb, nachdem sie von seinem Betrug erfuhr. Sie hat kein einziges Wort mehr mit ihm gesprochen. Wollte sie nicht an ihren eigenen Ehebruch erinnert werden?

Warum hat Michael ihr überhaupt davon erzählt? Was hat er damit bezweckt? Schließlich wusste er, dass Pia einen anderen Vater hat. Wusste er auch, dass Lilli und ich nicht Kilians Töchter sind?

Ich weiß, dass sich die beiden Männer nicht mochten und Vater ihn einmal sogar vom Hof jagte. Den Grund dafür habe ich nie erfahren.

Die Kirchturmuhr schlägt drei Uhr. Und plötzlich habe ich das Gefühl, als hätte ich das alles schon einmal erlebt, genauso.

*****

Gleich am nächsten Morgen frage ich Oma: „Meinst du, Mutter ist krank geworden, weil sie Pias Vater nicht heiraten konnte?"

„Das ist möglich, weil Kummer im Laufe der Zeit krank macht. Dagegen hilft keine Pille und keine Operation."

„Dann wäre meine Arbeit als Krankenschwester völlig sinnlos", sage ich verärgert.

„Aber nein! Es gibt nur sehr wenige Menschen, die mit sich und ihrer Krankheit selbst fertig werden."

Keiner kann mit seiner Krankheit fertig werden. Das ist vollkommen unmöglich. Dazu braucht jeder die Hilfe von Ärzten.

„Jeder ist für seine Gesundheit und somit auch für seine Krankheit verantwortlich. Man darf diese Verantwortung nicht an Ärzte und ihre Medikamente abgeben."

Jetzt verdreht sie alles! Es ist genau umgekehrt: Wer nicht zum Arzt geht, handelt verantwortungslos. Man sollte nicht warten, bis die Krankheit so weit fortgeschritten ist, dass sie Schmerzen bereitet, sondern sich regelmäßig vorsorglich untersuchen lassen. Nur so kann eine Krankheit früh erkannt und geheilt werden. Das weiß ich genau, denn wir haben es in der Schule gelernt. Oma dagegen weiß nichts über den medizinischen Fortschritt.

„Nein, Oma, das ist nicht richtig", sage ich sehr bestimmt. „Ohne die Hilfe der Medizin kann man nicht heilen."

„Und wie erklärst du die Wirkung von Placebo?", fragt sie und lächelt verschmitzt.

Ich denke nach. Über dieses Phänomen haben wir erst kürzlich in der Schule gesprochen. Die Leute glauben, sie bekämen ein Medikament, erhalten aber nur eine Art Zuckerlösung und werden trotzdem gesund. Doch das gibt es meines Wissens nur in der Forschung. Im Krankenhaus setzen wir keine Scheinmittel ein.

„Jeder Mensch ist anders", sagt sie. „Die meisten Kranken suchen Hilfe beim Arzt, andere vertrauen auf die Selbstheilung und sehen die Krankheit als Zeichen, dass sie etwas ändern müssen in ihrem Leben. Und wieder andere geben sich sofort auf, wenn sie krank werden."

Oma denkt nach und ergänzt leise: „Die Redewendung *Vergangen und Vergessen* stimmt nicht, weil jeder ein Stück seiner Vergangenheit mit sich herumschleppt. Ein Stück, mit dem er nicht fertig geworden ist, das ihn quält."

Hat sich Mutter gequält?

„Vielleicht hat deine Mutter den Tod als ihre Rettung gesehen."

Sterben als Rettung? Das erscheint mir zu weit hergeholt. Doch dann fällt mir plötzlich ein, dass ich als Kind manchmal so unglücklich und einsam war, dass ich mir wünschte, tot zu sein. Einmal wollte ich mich sogar in den kalten Fluss stürzen. Ich dachte, mich würde sowieso niemand vermissen, wenn ich nicht mehr da

bin. Doch ich bin nicht gestorben.
Heute bin ich froh, dass ich nicht gestorben bin.

Obwohl ich im Moment so viele Sorgen habe, fühle ich mich behütet und geliebt von meiner Oma. Mir ist irgendwie feierlich zumute und gleichzeitig traurig. Ich schlinge meine Arme um sie und drücke mich fest an sie.

*****

Immer wieder versuche ich, mir Mutter so vorzustellen, wie Oma sie beschrieb: lachend und tanzend und von Männern umschwärmt. Es gelingt mir nicht. Immer wieder schieben sich ein zusammengekniffener Mund und harte Fingerknöchel dazwischen.
Mittlerweile verstehe ich, warum Vater Mutter verließ und warum er nur Lukas mitnahm. Wir drei Mädchen sind nicht seine Töchter. Uns durfte er gar nicht mitnehmen, selbst, wenn er es gewollt hätte. Ob er wohl so oft an mich denkt wie ich an ihn? Vermutlich nicht, denn er hat nicht ein einziges Mal nach mir geschaut.
Auch nicht nach Mutter. Ob sie wohl auf seinen Besuch gewartet hat? Mich schickte sie oft weg. Ich bin trotzdem immer wieder zu ihr ans Krankenbett gegangen und habe mir gewünscht, dass sie mich einmal in den Arm

nimmt. So wie Pia. Später, als sie immer schwächer wurde, hätte mir gereicht, dass sie mich so anschaut, wie Mütter ihre Töchter anschauen. Wie sie Pia anschaute. Wenigstens ein einziges Mal. Doch sie schloss meist die Augen, wenn ich ins Zimmer kam, als ob sie mich nicht sehen wollte.

Lilli sagt, sie habe Mutter schon immer gehasst und wollte von ihr niemals angefasst oder gar geküsst werden. Doch das kann ich mir nicht vorstellen. Ich glaube, sie hat sich ebenso nach Zärtlichkeiten gesehnt wie ich und war ebenso wie ich immer wieder enttäuscht. Ihr Hass war nur eine Art Selbstschutz.

War es auch bei Mutter Selbstschutz, als Vater sie betrog? Hat sie geglaubt, er will sich rächen? Sie hat ihn als Sünder beschimpft, weil er das neunte Gebot verletzte. Vielleicht fürchtete sie, er würde sie verlassen und mit der anderen Frau leben wollen. Deshalb hat sie ihn lieber selbst vertrieben.

Offenbar hat sie völlig vergessen, dass sie weit größere Fehler gemacht hat als er. Vielleicht hat es sie beschämt, dass er trotzdem bei ihr blieb und für ihre Kinder sorgte, die gar nicht seine Kinder sind. Vielleicht hat Oma recht und dieses Wissen hat Mutter zermürbt und den Knoten in der Brust wachsen lassen.

War Mutter früher wirklich so lebensfroh wie Lilli heute ist? Lilli sagt, sie lebt nur dann richtig, wenn sie tanzt und sich von Jungs küssen lässt. Vielleicht hat sich Mutter in Lilli wiedererkannt und wollte verhindern, dass sie das gleiche Schicksal erleidet.

Wie man es auch dreht: Ich verstehe Mutter nicht und doch verstehe ich sie gleichzeitig besser als in meinem ganzen Leben zuvor.

*****

Oma hat Mutters Trauerfeier vorbereitet. Ganz allein. Beim Gespräch mit dem Bestatter saß ich still dabei, ich konnte die ganze Zeit kein einziges Wort herausbringen. Am Ende war alles einfacher als befürchtet, weil der Mann alle Wege erledigen wird, alle Meldungen bei den Ämtern übernimmt, sogar die Blumen bestellt. Oma hat klassische Musik bestellt von Bach, die mir völlig unbekannt ist. Auch Mutter wird sie nicht gekannt haben, sie hörte überhaupt keine Musik.

Zurück in der Wohnung legte Oma die drei Titel auf und ich wusste sofort, dass sie zu Mutters Trauerfeier passen.

Michael steht mit hochrotem Kopf vor der

Trauerhalle.

„Wo ist Christine aufgebahrt?", fragt er leise.

„Gar nicht. Du hättest sie sowieso nicht wieder-erkannt", antwortet Oma kurz.

Michael hat Mutter im Heim nicht besucht. Niemand hat Mutter besucht, nur Oma und ich waren bis zuletzt bei ihr. Keiner hätte in der eingefallenen Person meine Mutter vermutet. Sie ist während der letzten Wochen direkt ge-schrumpft, von Tag zu Tag zusehends weniger geworden. Es ist mir sehr schwer gefallen, ihr beim Sterben zuzusehen. Ich hoffe nur, dass sie nicht gelitten hat.

„Ich habe sie verbrennen lassen. Die Urne steht oben in der Festhalle."

„Etwa hier im Haus? Nicht in der Kirche, wie es sich gehört?", fragt Michael drohend laut.

„Hier im Haus, weil es so besser ist."

Oma hat eine feste Stimme, die keinen Wider-spruch duldet.

„Die Predigt halte ich!", schreit Michael.

„Das wirst du nicht! Du wirst dich auf deinen Stuhl in der ersten Reihe setzen und den Mund halten!", zischt Oma und schaut ihren Sohn streng an.

Michael wirft mir einen Blick zu, als hätte ich seinen Ärger verursacht. Schnell schaue ich zu Boden, während Lilli kichert.

„Der Bestatter hält die Rede selbst, den Text

hat er mit mir besprochen. Ich glaube, das Wort Gott kommt kein einziges Mal vor."

„Mit solch einer üblen Person wie dir sollte ich gar nicht reden", faucht Michael.

Oma fährt ungehalten mit dem Arm durch die Luft, als könnte sie ihm damit das Wort direkt abschneiden.

„Wichtig ist allein Christine und nicht das, was du für richtig hältst. Die Rede muss zu ihr passen und nicht zu dir oder deinem Glauben."

Michael saugt Luft zwischen den Zähnen ein. Ich sehe ihm an, dass er wütend ist und gleich platzen wird vor Zorn.

„Und wage es nicht, während der Trauerfeier auch nur ein einziges Wort gegen deinen Bruder zu sagen!"

„Der hat hier nichts zu suchen!", schreit Michael noch lauter.

Mir ist Michaels Benehmen peinlich und ich bin froh, dass noch keine weiteren Trauergäste gekommen sind.

„Er ist Christines Bruder wie du auch. Nach der Urnenbeisetzung gehen wir zum Griechen. Dort war Christine früher gern. Dein Bruder wird kein Problem damit haben und du wirst dich ruhig verhalten, wenn du schon nicht freundlich sein kannst."

Michael lacht. Es ist ein gehässiges Lachen.

„Du gehst mit dem Moslem geht zum Griechen.

Du bist verrückt!"

„Und du bist kein wirklich gebildeter Mensch, obwohl du einen akademischen Abschluss hast."

Oma schaut ihrem Sohn ruhig und gefasst ins Gesicht, während seine Augen flackern und er schließlich auf den Boden spuckt und beiseite geht.

Der kleine Platz vor dem Haus füllt sich.

Michaels Frau umarmt mich. Aber da ist keine Wärme, nur Pflicht. Ein ehrlicher Händedruck wäre mir lieber.

„Du armes Hascherl", sagt sie und schaut mich mitleidig an.

Sie nickt Oma kühl zu und stellt sich direkt neben sie. Lilli stupst mich an und zeigt auf die unglaublich hohen Absätze der Schuhe dieser Frau.

„Wie auf Stelzen wird sie damit über den Friedhof stöckeln", flüstert sie mir ins Ohr. „Und wie die wieder aufgebrezelt ist!"

Michaels Frau fällt auf zwischen all den schwarz gekleideten Trauergästen, denn sie trägt ein leuchtend grau-rot-gestreiftes Kostüm und einen grauen Hut mit roter Schleife.

Christian tritt zu uns. Er umarmt zuerst seine Mutter, dann Lilli und zuletzt mich. Lange hält er mich fest. Als er mich anschaut, hat er Tränen in den Augen. Er zeigt auf eine Frau, die hinter ihm steht.

„Das ist Ajda, meine Frau."

Auch sie umarmt Oma, Lilli und mich. Es ist eine sehr herzliche Umarmung voller Wärme, obwohl sie mich gar nicht kennt. Michael dreht sich demonstrativ zur Seite und reicht seinem Bruder nicht einmal die Hand. Auch nicht dessen Frau.

Ich suche mit den Augen nach Papa und Lukas.

„Dieser feige Arsch wird nicht kommen", sagt Lilli und lächelt schief.

Mir ist klar, dass sie Vater meint.

„Glaubst du wirklich?", frage ich fassungslos. Immerhin haben er und Mutter fast zwanzig Jahre zusammengelebt. Und was ist mit Lukas? Mutter war auch seine Mutter. Sogar Pia fehlt. Frau Wieland vom Jugendamt erklärt, Pia sei stark erkältet und wohl auch psychisch nicht in der Lage, der Beerdigung ihrer geliebten Mama beizuwohnen.

„Wer´s glaubt", schnaubt Lilli.

Ich sage nichts dazu. Mir fehlen einfach die passenden Worte, falls es überhaupt passende Worte gibt.

Oma hält während der gesamten Rede meine Hand, um mir Halt und Trost zu geben. Doch ich merke, wie sehr sie zittert. Sie trauert um ihre einzige Tochter. Kinder sollten nicht vor ihren Eltern sterben, das ist die falsche Reihenfolge. Für Oma war ihre Tochter jung, mir dagegen schien Mutter schon immer alt.

Die Menschen sind seltsam, zumindest die in meiner Familie, denn Mutter wollte zu ihrer Mutter keinen Kontakt und doch war sie diejenige, die bis zuletzt an ihrem Bett saß. Mutter ließ nur die Nähe von Michael und Pia zu, die sich beide nicht ein einziges Mal blicken ließen.

Der Grabredner erzählt von einer Frau, die ich gut kannte und die mir doch immer fremd geblieben ist. Ich betrachte die blaue Vase zwischen den vielen weißen Blumen. In diesem Gefäß ist Mutters Asche, die Reste ihres Körpers. Erst jetzt wird mir so richtig klar, dass sie gestorben ist, dass ich sie niemals wiedersehen werde. Es ist endgültig und lässt mich auf einmal direkt verzweifeln. Was soll ich nur tun ohne sie? Mir ist, als fehlt mir plötzlich die Luft zum Atmen, was mich in Panik versetzt. Doch genau diese Angst lässt auf einmal meine Tränen versiegen.
Nach der Urnenbeisetzung verlassen die wenigen Trauergäste den Friedhof, Michael und seine Frau gehen ohne Abschied fort.
Christian und Ajda nehmen Oma in ihre Mitte,

Lilli hakt mich unter und flüstert kichernd: „Jetzt gibt´s Ouso bis zum Abwinken."
Ich freue mich mit ihr, obwohl mir nicht klar ist, was Ouso ist.

*****

Oma hat sich hingelegt. Christian und Ajda besuchen Freunde in der Stadt. Ich überlege, ob ich duschen soll, kann mich aber nicht aufraffen. Also lasse ich mich einfach in den großen Sessel fallen, ziehe die Beine nach oben und rolle mich zusammen.
„Das ist die Embryo-Stellung", weiß Lilli.
Fötus-Stellung beim Schlaf - das haben wir vor kurzem in der Schule besprochen. Angeblich sucht man in dieser Haltung Schutz. Suche ich Schutz? Vor wem oder wovor? Und wer soll mich beschützen? Obwohl ich nicht allein bin, fühle ich mich einsam, was mir die Tränen in die Augen treibt.
„Die Embryo-Stellung passt zu dir."
Sie passt zu meinem jetzigen Gefühl. Auch im Bett kurz vor dem Einschlafen kringle ich mich zusammen, doch jetzt möchte ich nicht schlafen, ich fände keine Ruhe.
„Die Stellung zeigt, du bist unsicher, zurückhaltend und schüchtern", verkündet sie schlau.
Das sieht Lilli nicht in der Stellung, schließlich

kennt sie mich seit meiner Geburt und weiß, dass ich unsicher bin.

„Du bist schutzbedürftig und abhängig von anderen Menschen. Ich weiß das, doch die Leute nicht, denn du lässt es dir nicht anmerken."

Das sagt sie so daher, doch ich glaube nicht, dass mich irgendwer für selbstsicher hält. Lilli ist selbstsicher und tut immer, was sie für richtig hält. Ich wäre gern wie sie und sage ihr das.

„So ein Quatsch!", sagt sie lachend. „Jeder ist wie er eben ist und das ist gut so."

Das ist gut so? Mir sagte man immer, ich sei verstockt.

„Mach einfach das, was du gern machst und es ist in Ordnung!"

„Aber das geht doch nicht!", rufe ich aus. „Jeder hat seine Aufgaben und Pflichten und muss das tun, was notwendig ist."

Lilli lacht.

„Und was ist notwendig? Das, was Mutter wollte? Oder der Pfarrer? Der Nachbar? Jeder hält etwas anderes für notwendig. Wenn du nicht gerade Präsident werden willst oder zum Mond fliegen, ist alles andere möglich. Die Hauptsache ist nur, dass es dir Freude macht."

Wenn Lilli das sagt, klingt es so einfach und logisch. Ich kann das nicht.

Lilli singt. Zuerst ganz leise und dann laut eine

Art Refrain. Ich mochte es schon immer sehr gern, wenn sie mir etwas vorsang. Sie hat eine schöne klare Stimme. Die Melodie, die sie jetzt trällert, kenne ich nicht, aber sie klingt hübsch.

„Was singst du da?"

„Kennst du nicht?"

Während sie weitersingt, dreht sie sich im Kreis. Schließlich packt sie mich an beiden Händen, zieht mich vom Sessel herunter und wirbelt mich herum.

„Lass das!", will ich rufen, doch ich muss nur lachen und lasse mich zurück in den Sessel sinken.

„Gehen wir heute Abend in die Disco?", fragt sie und klatscht fröhlich in die Hände.

Entsetzt schaue ich sie an.

„Bist du verrückt? Wir haben gerade unsere Mutter zu Grabe getragen."

„Zu Grabe getragen", äfft sie mich nach. „Wie du dich ausdrückst!"

„Wie denn?"

„So geschraubt. So redet kein Mensch."

Ich rede so und halte die Worte für durchaus angemessen.

„Mutter ist tot. Sie wird nicht wieder lebendig, wenn du als Trauerkloß in der Ecke sitzt."

„Aber auch nicht, wenn ich mich amüsiere."

„Du bist ein langweiliger Trauerkloß!", schimpft sie.

Natürlich bin ich traurig. Traurig, weil Lukas und sein Vater nicht zur Beerdigung kamen, auch Pia nicht. Traurig, weil nicht einmal Mutters Tod ihre Brüder versöhnen konnte. Ich weiß, dass ich nichts daran ändern kann und doch legt sich all das schwer auf meinen ganzen Körper.

Lilli lacht. Ich lache nicht. Was soll Oma von uns denken? Wie können wir fröhlich sein, wenn wir soeben von der Trauerfeier unserer Mutter und ihrer Tochter kommen?

„Hast du dich jemals amüsiert? Warst du überhaupt jemals tanzen?", fragt Lilli und wackelt dabei anzüglich mit ihren Hüften.

„Tanzen? Ich?"

„Du warst noch nie aus? Das glaube ich nicht!"

Sie mustert mich. Ihr Blick scheint mir mitleidig und gleichzeitig verächtlich.

Dann lacht sie ihr typisches Lilli-Lachen und sagt: „Doch! Du siehst aus wie eine, die noch nie tanzen war."

Wie sieht denn jemand aus, der noch nie tanzen war?

„Ich kann überhaupt nicht tanzen", gebe ich leise zu.

„Oh doch! Als Kinder haben wir beide viel getanzt."

Ich schüttle den Kopf, denn daran würde ich mich erinnern.

„Du hattest Mutters Sonntagshut auf und ich trug eines ihrer bunten Seidentücher und wirbelte es durch die Luft."

Mutter hatte nur ihren schwarzen Hut, den sie zum Kirchgang trug, aber kein Tuch. Schon gar kein buntes.

Wieder mustert sie mich.

„Du weißt es wirklich nicht mehr?"

Sie zieht mich vom Stuhl herunter, legt ihre Arme um meine Taille und dreht sich mit mir im Kreis. Mir ist sofort schwindlig.

„Nun lach doch mal!", fordert sie. „Wir haben uns Kränze aus Blumen geflochten, sie uns auf den Kopf gesetzt und sind über die Wiese gesprungen."

Wie kommt es, dass sich Lilli an ganz andere Dinge erinnert als ich? Sie sagt, wir hätten uns verkleidet und zusammen getanzt, also beide das Gleiche erlebt. Doch ich weiß davon nichts. Vielleicht denkt sie sich alles nur aus, weil sie mich aufmuntern und zum Tanzen überreden will. Doch ich will nicht tanzen. Ich will in keine Disco und schon gar nicht heute. Eigentlich überhaupt nicht. Mir ist das viel zu albern.

*****

„Und jetzt gehen wir aus!", bestimmt Lilli am späten Abend, als ich gerade ins Bett gehen will.

„Ja, geht hinaus, Mädchen, und amüsiert euch!", sagt Oma. „Ich wäre heute Abend gern allein."

Lilli zieht mich in mein Zimmer und bestimmt: „Zieh dir etwas Anderes an!"

„Warum?"

Was ist falsch an meiner Kleidung? Ich trage Jeans wie alle anderen auch und einen braunen Pulli. Kostümieren werde ich mich jedenfalls nicht. Ich trage nur das, was ich immer trage, nichts anderes. Kleidung muss praktisch, passend und leicht zu reinigen sein.

„Damit du nicht wie ein langweiliges Landei aussiehst."

Betreten schaue ich zu Boden, weil sie sagt, ich sehe langweilig aus. Hübsch bin ich nicht, das weiß ich - jedenfalls nicht so wie Lilli oder Pia. Aber langweilig?

Lilli trägt immer bunte Farben, am liebsten mag sie rote Shirts, die möglichst knapp sitzen. Manchmal schaut sogar ein Stück nackter Bauch heraus und meist der Brustansatz. Das gehört sich nicht. Außerdem erkältet man sich schnell.

„Möchtest du nicht gern etwas ganz besonders Hübsches tragen, womit du auffällst, damit sich die Leute staunend nach dir umdrehen?"

Überrascht schaue ich sie an. Wie kommt sie

auf derartigen Unsinn? So bunt aufgebrezelt wie sie würde ich niemals auf die Straße gehen.

„Nein, solche Gedanken hatte ich noch nie."

„Dann wird es Zeit! Die Jeans sind in Ordnung, allerdings etwas zu weit. Ich gebe dir ein Top von mir, damit jeder deine hübschen Brüste sehen kann."

Erschrocken halte ich mir beide Hände vor die Brust, als müsste ich sie schützen. Lilli lacht lauter.

„Und wir werden ganz viele Burschen küssen!", verkündet sie.

Sie wirft mir Kusshände zu und hält plötzlich inne.

„Du hast wohl noch keinen Jungen geküsst?"

Natürlich nicht! Was denkt sie von mir? Ich kann mir gar nicht vorstellen, jemanden zu küssen. Wozu auch? Bei Kuss-Szenen in Filmen habe ich immer weggeschaut, weil es peinlich ist zuzusehen. Außerdem hat es dabei immer so unangenehm gekribbelt im Bauch. Ich mag das nicht.

Im gleichen Moment fällt mir Hannes ein und ich werde rot.

„Du bist verliebt!", schreit Lilli. „Ich sehe es dir an. Los! Erzähle!", fordert sie.

„Ich bin nicht verliebt."

„Du lügst!"

Ich schüttle den Kopf und bin den Tränen nahe. Natürlich mag ich Hannes, doch ich kenne ihn nicht. Und verliebt bin ich schon gar nicht. Ob er in eine Disco geht? Sicher hat er schon viele Mädchen geküsst. Und ganz sicher denkt er keinen einzigen Augenblick an mich. Er kennt mich gar nicht.

Lilli umarmt mich stürmisch und stößt mich in den Sessel am Fenster. Sie quetscht sich dazu und sitzt dabei halb auf meinem linken Bein.

„Du erzählst mir jetzt alles!", bestimmt sie. „Zuerst sagst du mir, wie er heißt!"

„Hannes", flüstere ich.

Noch ehe ich ergänzen kann, dass er gar nicht weiß, dass er mir gefällt, kreischt sie: „Hannes? Oh ja! Das ist ein Bursche zum Verlieben!"

Sie kennt ihn! Wie peinlich! Hätte ich nur den Mund gehalten! Nun wird sie sich einmischen, ihn ansprechen, ihm verraten, dass ich ihn mag. Ich sehe schon sein entsetztes Gesicht vor mir und seine Freunde, wie sich mich auslachen.

Mein Problem ist, dass ich alles, was ich lese oder höre, wie einen Film vor Augen sehe. Noch schlimmer das, was ich mir vorstelle. Und jetzt sehe ich, wie Hannes Lilli küsst.

„Hast du ihn etwa geküsst?", platzt es aus mir heraus.

Lilli rühmt sich damit, jeden halbwegs attraktiven Burschen in der gesamten Umgebung geküsst zu haben. Und Hannes sieht auffallend gut aus.

„Hätte ich gern, aber er wollte nicht."

Wirklich glauben kann ich das nicht, denn ich kann mir keinen Jungen vorstellen, der Lilli nicht gern küssen würde.

*****

Vor der Disco stehen viele junge Leute. Die meisten von ihnen rauchen und alle haben ein Smartphone in der Hand, das sie sich gegenseitig zeigen oder darauf herumwischen. Ich wundere mich, dass sie nicht frieren, weil einige Mädchen nur eine Art Unterhemd tragen zu einer sehr kurzen Hose, obwohl es recht kalt ist.

Lilli bezahlt meinen Eintritt und wir bekommen auf unsere linke Hand einen Stempel.

„Wozu ist das?", frage ich.

„Damit du zwischendurch mal vor die Tür gehen kannst und nicht noch einmal bezahlen musst, wenn Du wieder hinein willst."

So geht das also.

Lilli packt mich am Arm und zieht mich zu einer Bar. Dort kauft sie zwei Flaschen Bier und reicht mir eine.

„Und das Glas?"

„Glas?", wundert sie sich. „Man trinkt aus der Flasche, du Kamel."

Kamel. Ich bin kein Kamel und auch keiner, der aus der Flasche trinkt. Wenn ich kein Glas habe, trinke ich lieber gar nichts.

Mir ist es viel zu laut hier drinnen. Die Musik dröhnt derart, dass sie in meinem gesamten Körper vibriert. Wie halten das die Leute aus? Mir brummt jetzt schon der Kopf nach nur zwei Minuten.

Mir sitzt dieser schlimme Tag in jedem einzelnen Knochen und ständig frage ich mich, warum Lukas und sein Vater nicht zur Trauerfeier kamen. Sie hätten Mutter auf jeden Fall die letzte Ehre erweisen müssen. Ich hatte ihnen die Mitteilung geschickt mit den genauen Angaben über Tag, Ort und Zeit. Ob vielleicht die Großeltern den Brief gar nicht weitergeleitet haben? Dann hätten sie die Anzeige im Ortsblatt lesen müssen, die Oma aufgegeben hat. Lesen sie keine Zeitung? Sie hätten wenigstens eine Blume schicken können. Nicht einmal eine Beileidskarte war ihnen Mutter wert.

Und Pia? Sie war Mutters Liebling. Lilli meinte ganz boshaft, dass Pia nur an Leuten interessiert ist, die ihr nutzen können. Und Mutter konnte ihr nichts mehr nützen, als sie ins Krankenhaus kam.

In meinem Kopf hämmert es immer stärker. Auf der kleinen Tanzfläche drehen sich vor allem Mädchen, jede bewegt sich für sich allein. Die Jungs stehen am Rand, die meisten von ihnen mit einer Flasche in der Hand. Sie reden und zeigen hin und wieder auf eines der Mädchen. Wie können sie sich in all dem Lärm überhaupt unterhalten? Man versteht sein eigenes Wort nicht.

Ich versuche, zwischen all den eng aneinander gedrückten Leuten Lilli zu erkennen. Ich muss ihr sagen, dass ich gehen will. Für mich ist das nichts. Ständig werde ich angerempelt und zur Seite gestoßen, obwohl ich schon ganz am Rand stehe. Ich muss hier raus! Sofort!

Auf einmal spüre ich eine Hand, die sich sanft auf meine Schulter legt. Lilli?
Es ist Hannes! Himmel! Er ist hier!
Er sagt irgend etwas, doch ich verstehe nichts.
„Komm mit!", schreit er mir ins Ohr, greift nach meiner Hand und zieht mich nach draußen.
Ich bin froh, dass ich noch immer meine Jacke in der Hand halte. Die Flasche Bier hatte ich irgendwo abgestellt.
„Schön, dich hier zu sehen, Jo", sagt Hannes und lächelt mich an.
Automatisch lächle ich zurück.
„Du heißt doch Jo, oder?"

„Eigentlich heiße ich Johanna."

„Ein schöner Name", sagt Hannes fast bewundernd.

Wieder muss ich lächeln.

„Weißt du, wie hübsch du bist, wenn du lächelst?"

Verlegen schaue ich auf meine Schuhspitzen. Hannes stößt mit seinem Schuh leicht dagegen und sagt: „Schau mich an!"

Ich muss mein Gesicht weit nach oben beugen, denn er ist viel größer als ich. Seine Augen glitzern im Licht der Lampen.

„Ich habe dich noch nie hier gesehen, obwohl ich jede Woche vorbeischaue. Heute habe ich endlich Glück. Wo hast du nur gesteckt?"

„Gesteckt?"

„Oder *ver*steckt. Hast du dich vor mir versteckt?"

„Ich gehe nicht tanzen. Ich gehe eigentlich nie aus. Meine Schwester hat mich überredet."

„Deine Schwester? Wer ist deine Schwester? Ich muss mich bei ihr bedanken."

Nun muss ich lachen.

„Lilli. Die Elisabeth."

„Die Lilli ist deine Schwester? Das hätte ich nicht gedacht. Sie ist ein aufregend schönes Mädchen."

Ich bin das nicht. Ich bin ein Landei, dem man ansieht, dass es sich noch niemals amüsierte.

„Du bist so anders, anders als die anderen Mädchen."

Ich weiß. Immer hieß es, ich soll mich in die Gemeinschaft einfügen und alles fröhlich mitmachen. Ich habe keine Freude an den seltsamen lauten Späßen der Mädchen und finde es nicht lustig, von den Jungs geneckt zu werden. Irgendwann hat mich niemand mehr geneckt und keiner mich zum Mitmachen aufgefordert. Das war mir nur recht.

Hannes legt seinen Arm um mich und mir wird sofort siedend heiß. Automatisch zucke ich zurück.

„Ist dir das unangenehm?"

„Nein!", sage ich viel zu schnell.

„Wollen wir ein paar Schritte gehen? Du wirkst so traurig."

Fast hätte ich angefangen zu weinen. Doch mir ist plötzlich so warm ums Herz, weil ich spüre, dass Hannes mich versteht. Im gleichen Augenblick höre ich mich reden. Ich erzähle von Mutter, von der heutigen Trauerfeier, von Oma und vom Landei, das noch niemals tanzen war.

Langsam dreht er mich an der Schulter um, so dass wir uns gegenüber stehen. Ich schaue ihn an, seine dunklen Augen, seinen Mund und habe plötzlich Angst, dass im nächsten Augenblick meine Knie einknicken. Sie scheinen mir weich wie Butter zu sein.

Hannes neigt seinen Kopf ein wenig nach unten. Wie von einem Magnet angezogen stelle ich mich auf meine Zehenspitzen. Nun sind unsere Lippen auf gleicher Höhe. Ich kann nicht mehr hinsehen, weil mir seltsam schwindlig ist. Deshalb schließe ich meine Augen und spüre im gleichen Moment weiche, feuchte Lippen auf meinen. Hannes küsst mich!

Meine Knie zittern und ich fürchte, gleich zu Boden zu sinken.

Auf einmal ist mir, als könnte ich die ganze Welt umarmen. Fast hätte ich laut gejubelt, doch das konnte ich gerade noch verhindern. Ich will etwas sagen, aber ich weiß nicht, was man in solchen Momenten sagt.

Irgend eine warme Energie strömt von seinen Händen direkt in meinen Körper und breitet sich dort aus: in den Armen, Händen, sogar in den Füßen und ganz besonders in meinem Bauch. Es durchzuckt mich wie elektrisiert – genauso plötzlich wie mit einem Schalter die Lampe leuchtet.

„Was ist?", fragt Hannes.

„Nichts", hauche ich.

Doch das ist gelogen, denn auf einmal ist alles anders, ich selbst und mein ganzes Leben. Das spüre ich genau.

Hannes holt sein Smartphone aus der Hosentasche und wischt darauf herum. Enttäuscht drehe ich mich zur Seite, weil ihm jetzt etwas anderes wichtiger ist. Wichtiger als dieser Kuss. Vielleicht ist der Kuss nichts Besonderes für ihn, vielleicht küsst er jeden Tag ein Mädchen, vielleicht jeden Tag ein anderes. Oder er hat eine feste Freundin, die er gerade mit diesem Kuss betrogen hat.

„Schau her!", bittet er leise. „Du musst ganz still sein, um es genau zu verstehen."

Ich erkenne auf dem kleinen Bildschirm ein graues Boot auf einem grauen See vor grauen Bergen. Dann fängt ein Mann leise und sehr langsam an, eine sonderbare Melodie zu singen. Die Worte verstehe ich nicht, obwohl es deutsche Worte sind, irgendein fremder Dialekt. Berg verstehe ich und wie die Zeit vergeht.

„Siehst du die Häuser ganz nahe am Wasser?"

Ich schaue genauer hin. Wie an Felsen geklebt stehen dicht an dicht und fast übereinander Häuser direkt am Wasser. Links am Rand erkenne ich eine Kirche mit einem spitzen Turm, schräg dahinter zwischen Bäumen eine weitere. Hannes hält mir das Telefon direkt vor die Augen, damit ich alles besser sehen kann. Mich faszinieren diese Häuser, die Berge und der See so sehr, dass es mir die Kehle zu-schnürt. So etwas habe ich noch niemals zuvor gesehen.

„Das ist Hallstatt. Hier bin ich geboren. Mein Vater lebt noch immer dort, doch meine Mutter hatte Heimweh und ging mit mir nach Deutsch-land zurück."

„*Zurück* nach Deutschland?"

„Ja, Hallstatt liegt in Österreich, im Salzkam-mergut. Dort verbringe ich meinen gesamten Urlaub. Im Winter fahre ich Schi, im Sommer gehe ich Bergwandern."

Gespannt lausche ich seinen Worten.

„Warst du schon einmal dort?"

Ich schüttle den Kopf. Ich war noch nirgendwo, weder hierzulande und schon gar nicht im Aus-land. Doch diesen wunderschönen kleinen Ort am See würde ich sehr gern einmal besuchen. Vielleicht klappt das eines schönen Tages. Ich sehe mich in Gedanken schon am See sitzen und aufs Wasser schauen.

Die Musik spielt weiter und geht mir mitten ins Herz. So etwas habe ich noch niemals zuvor gehört. Man kann sie in keiner Weise mit der Musik vergleichen, die Lilli immer hört.

Als könnte Hannes meine Gedanken hören, sagt er: „Das ist Alpenrock, eine Mischung aus Volksmusik und Rock, der Sänger heißt Hubert von Goisern und wohnt dort in einem Nachbarort."

Mich packt eine Art Sehnsucht nach diesem See, obwohl ich ihn gar nicht kenne.

Nun steht der Sänger mitten auf dem Boot, singt und jodelt und spielt obendrein Schifferklavier.

„Ich habe auch eine Ziach, nur kleiner."

„Ziach?"

„Das ist eine Steirische Harmonika."

Dabei tippt er auf das Bild. Offenbar nennen die Österreicher ein Schifferklavier Ziach.

„Du musizierst?", frage ich erstaunt und gleichzeitig begeistert.

Hannes nickt.

„Wenn du willst, zeige ich sie dir."

„Das wäre wunderbar!", flüstere ich.

„An den nächsten Tagen muss ich länger arbeiten, doch am Donnerstag möchte ich dich gern wiedersehen. Magst du?"

Und ob ich mag! Am liebsten würde ich sofort mit ihm gehen, nie wieder seine Hand loslassen, seine Küsse erwidern. Ich möchte ihn so vieles fragen, alles über ihn erfahren.

Bis jetzt weiß ich nur, dass er drei Jahre älter ist als ich und als Fachinformatiker für Hardware arbeitet.

„Ich habe auch CDs von Alpenrock, nicht nur von diesem Sänger, auch von den Seern."

„Seher?"

Meint er Hellseher? Menschen, die verborgene Dinge sehen?

Hannes korrigiert lachend: „Nicht Seher wie das Schauen, sondern Seer wie der See. Die Seer kommen vom Grundlsee, der ebenfalls dort in der Nähe ist und dir sehr gefallen würde."

Ich nicke, denn mir gefällt alles, was Hannes gefällt. Das merke ich jetzt schon.

Inzwischen stehen wir vor Omas Haustür und Hannes küsst mich zum Abschied. Mich erfasst ein Kribbeln im ganzes Körper, in meinem Bauch zittert es. Ich fühle mich leicht und unbeschwert und möchte hüpfen vor Glück.

Am liebsten würde ich die ganze Nacht durch die Stadt bummeln und diese unbändige Freude in mir weiter auskosten.

Als ich längst im Bett liege und ständig *Hannes* glücklich vor mich hinsage, klopft mein Herz auf einmal rasend schnell und ich schwitze. Ich schwitze, weil ich mich schäme. Gerade noch wollte ich singen vor Glück, doch wie kann ich das, wenn meine Mutter gestorben ist und ich vor wenigen Stunden auf ihrer Beerdigung weinte? Das gehört sich nicht. Ob ich das beichten muss? Am besten gleich morgen! Doch auf einmal weiß ich, dass ich nichts falsch gemacht habe.

*****

Oma trägt tiefes Schwarz. Sie will als Trauernde erkannt und respektiert werden. Bis zu Mutters Tod bevorzugte sie wie Lilli schrille bunte Farben, die sie ziemlich gewagt kombinierte.

„Soll ich ebenfalls schwarze Kleidung tragen?", frage ich.

„Aber nein, Mädchen. Das musst du nicht. Jeder trauert anders."

„Oder gar nicht", ergänzt Lilli schnippisch.

Lilli tut nur so kühl. Vielleicht fehlt ihr Mutter nicht, doch trauern wird sie trotzdem. Sie hat nur die seltene Gabe, alles auszublenden, was ihr nicht gefällt. Ich kann das nicht. Worte, die mich verletzt haben, gehen mir lange nicht aus dem Kopf.

Lilli behauptet, sie habe Mutter gehasst. Deshalb wollte sie so früh wie möglich ihr Zuhause verlassen, weit weg ziehen und niemals wiederkommen.

Nun ist sie hier, weil Mutter nicht mehr hier ist. Doch morgen fährt sie wieder weg.

„Heul nicht!", ermahnt sie mich. „Freu dich lieber, weil du jetzt frei bist und nicht mehr jeden Tag ins Heim rammeln musst!"

„Ich musste nicht, ich habe Mutter freiwillig besucht."

„Dir ist echt nicht zu helfen."

Mir war es wichtig, Mutter zu sehen und zu schauen, wie es ihr geht. Doch Lilli hat Recht, dass ich nun meine Zeit anders einteilen kann. Ich weiß nur noch nicht, ob mir das gefällt und was ich mit dieser freien Zeit anstellen soll. Lesen! Lesen fällt mir als erstes ein.

„Vielleicht solltest du bald im Haus nach dem Rechten sehen", schlägt Oma vor.

Das sollte ich wirklich nicht mehr länger hinausschieben. Doch mir fällt sofort der schreckliche Albtraum ein, in dem mich die Leute als Diebin beschimpften. Ich weiß, dass das dumm ist, denn es ist nur ein alberner Traum, der nichts bedeutet.

Oma spürt, dass mich etwas bedrückt und sagt: „Ich begleite dich, wenn du magst."

Ich schüttle den Kopf, denn das muss ich allein durchstehen.

10. Gebot

Du sollst nicht begehren fremden Besitz!

Ich fahre nicht die Landstraße entlang, sondern nehme die Abkürzung durch den Wald. Den Bäumen fehlt das Laub, weshalb die Sonne bis hinunter auf den Weg scheint. Heute muss ich nicht zur Arbeit, ich habe Zeit.

Ein Zweig knackt laut und ich zucke zusammen, so dass ich fast stürze und mich gerade noch mit den Füßen abfangen kann. Ich schaue mich um, doch es ist niemand zu sehen. Kurz schiebt sich wieder der Albtraum vor meine Augen, als mich die Leute aus dem Dorf eine Diebin schimpften und ich vor ihnen davonlief. Doch ich schüttle die Bilder weg. Auf diesem Weg werde ich niemanden treffen, denn die Leute aus dem Dorf gehen nicht im Wald spazieren. Sie haben immer etwas zu tun im Garten, im Schuppen oder auf dem Feld. Zum Einkaufen nehmen sie das Auto. Ich bin allein im Wald.

Von weitem sehe ich ein schwarzes Tier über den Weg huschen. Vielleicht ein großer Hund oder ein Wildschwein. Ich kann es nicht genau erkennen. Dann ist wieder Ruhe. Nicht einmal Vögel sind zu hören, obwohl ich einige zwischen den Zweigen herumhüpfen sehe. Es sind ausnahmslos Kohlmeisen. Früher sah ich Rotkehlchen, Finken und Zeisige, hörte die Spechte klopfen und die Krähen schreien. Wo sind die vielen Vögel alle hin?

Der Pfad endet unten am Fluss direkt neben unserem Haus. Ich bin bis jetzt keiner Menschenseele begegnet und schließe erleichtert die Haustür auf.

Im Flur liegt ein ganzer Stapel Post. Wir haben keinen Briefkasten, nur einen Schlitz in der Haustür, weshalb alles auf dem Fußboden landet.

Wir bekommen selten Post, nicht einmal Werbung, denn bis zu unserem Haus am Ende der Straße verirrt sich selten ein Austräger.

Heute liegen gleich vier Umschläge auf dem Boden. Ich drücke auf den Lichtschalter. Doch die Lampe brennt nicht. Ich laufe in die Küche. Auch hier geht das Licht nicht an. Wir haben keinen Strom! Das kommt manchmal vor bei Gewitter oder starken Sturm, weil es bei uns noch Überlandleitungen gibt. Doch während der letzten Tage gab es keinen Sturm. Vielleicht sollte ich zum Nachbarn laufen und fragen, ob er Strom hat. Doch zuerst greife ich nach der Taschenlampe und gehe in den Keller, wo der Stromkasten hängt. Die Sicherungen sehen alle gleich aus, also ist keine kaputt. Trotzdem schraube ich jede einzelne kurz locker und danach wieder fest. Es tut sich nichts. Vielleicht sind alle durchgebrannt und müssen ausgetauscht werden?

Ich leuchte in das Schränkchen, das unter dem Stromkasten steht. Dort bewahrt Vater die Sicherungen auf, weil es diese alten Porzellansicherungen nicht mehr überall zu kaufen gibt. Doch auch das Austauschen ändert nichts daran, dass keine Lampe brennt.

Nun gehe ich doch zum Nachbarn und frage, ob er Strom hat.

„Ich schon, aber du nicht!"

Wie soll ich das verstehen?

„Die Energie war hier und hat euch abgeklemmt. Ich habe denen gesagt, dass das Haus unbewohnt und der Stromkasten im Keller ist."

Der Nachbar reicht mir einen großen Bartschlüssel.

„Für die Hintertür. Nimm ihn! Ich will ihn nicht."

Wie im Trance greife ich zu und überlege, wieso der Nachbar einen Schlüssel hat und warum man bei unbewohnten Häusern den Strom abstellt.

„Und wenn ich nun ab heute wieder hier lebe?", frage ich, weil mir nichts anderes einfällt, was ich sagen könnte.

„Dann solltest du schleunigst die Stromrechnungen bezahlen!"

Das hat Vater immer gemacht. Hat er es vergessen? Oder fühlt er sich nicht mehr verantwortlich, weil er nicht mehr hier wohnt? Vielleicht weiß er, dass ich bei Oma lebe und hier im Haus kein Strom mehr gebraucht wird. In Gedanken versunken gehe ich zurück zum Haus. Erst dort fällt mir ein, dass ich mich beim Nachbarn für die Auskunft hätte bedanken sollen.

Ich nehme die Briefe mit in die Küche. Sie sind alle vier an mich gerichtet, was mich wundert, denn ich habe noch niemals zuvor Post bekommen. Ich rücke den Stuhl ans Küchenfenster, um besser sehen zu können. Draußen scheint zwar die Sonne, doch ihre Strahlen bleiben im großen Rhododendron hängen.

Der erste Brief kommt vom Amtsgericht. Darin geht es um den Unfall, als ich mit dem Fahrrad in den Straßengraben stürzte und ins Krankenhaus kam. Ich lese, dass das Verfahren gegen den Unfallverursacher eingestellt wurde, weil er nicht zu ermitteln sei. Nicht zu ermitteln, obwohl jeder LKW einen Fahrtenschreiber hat und nur wenige Laster in der Nacht die kleine Landstraße benutzen? Der Fahrer musste gemerkt haben, dass ich in den Graben fiel und hat trotzdem nicht angehalten und nachgesehen, ob ich verletzt bin. Unfälle passieren, doch einfach weiterzufahren ohne zu helfen, halte ich für sehr schlimm. Dafür wird sich der Fahrer eines Tages vor dem Jüngsten Gericht verantworten müssen. Allerdings gibt es kein Gebot, das „Du sollst helfen!" heißt.

Auch der nächste Brief ist vom Amtsgericht. Es liegt ein Blatt bei, in das ich Mutters Ehepartner und Kinder eintragen muss. Muss ich auch dann alle Erben angeben, wenn es überhaupt nichts zu vererben gibt? Das wenige Bargeld reichte nur für einen kleinen Teil der hohen Beerdigungskosten. Im Grunde hat Oma alles beglichen.

Auf dem Anschreiben ist eine Telefonnummer und der Name des Sachbearbeiters angegeben. Ich rufe sofort an. Das heißt, ich wähle die Nummer und merke dabei, dass kein Freizeichen zu hören ist. Auch das Telefon braucht Strom.

Also hole ich mein neues Handy aus der Tasche. Dass ich jetzt jederzeit und von überall anrufen kann, daran habe ich mich noch immer nicht gewöhnt. Doch auch das Handy funktioniert nicht, weil ich hier unten im Tal keine Funkverbindung habe.

Also öffne ich den nächsten Umschlag. Er ist ungewöhnlich groß und dick und enthält viele Blätter voller Zahlen und eine Rechnung über 750 Euro, die auf meinen Namen ausgestellt ist und von einer Person kommt, die ich nicht kenne. Nie im Leben habe ich etwas bestellt, was so viel Geld kostet, dass es fast meinen kompletten Monatsverdienst schluckt.

In der Betreffzeile steht *Gutachten* und unsere Adresse.

Hastig überfliege ich die Seiten und finde auf

der vorletzten die Summe von 84.000 Euro. Das sei der ermittelte Verkehrswert, der bei einem Verkauf vermutlich nicht erzielt werden könne. Das Haus sei zwar in einem guten Zustand, aber zu abgelegen, die Wiese von 8.600 Quadratmeter feucht, die Elektroinstallation veraltet. Nur die Heizung und die Fenster seien neuwertig.

Dieser Schätzer war also *im* Haus! Hat der Nachbar ihn ebenso durch die Hintertür hereingelassen wie die Energiefirma? Es bringt nichts, ihm im Nachhinein Vorwürfe zu machen, weil nun nichts mehr zu ändern ist.

Als Auftraggeber für die Schätzung ist das Jugendamt angegeben. Das Jugendamt? Selbst, wenn das mit rechten Dingen zugeht, muss der Auftraggeber die Rechnung bezahlen. Oma sagt immer: „Wer die Musik bestellt, muss sie auch bezahlen."

Oma! Sie weiß immer Rat. Ich werde einfach den ganzen Stapel mit zu Oma nehmen und mit ihr alles besprechen.

Ich gehe nach draußen und ein paar Schritte den Berg hinauf und plötzlich habe ich wieder Empfang! Jetzt kann ich die Frau vom Amtsgericht anrufen.

Ich erkläre ihr, dass keiner meiner Geschwister das Haus haben will.

Auch ich will das Haus nicht haben. Dass es so klein ist, stört mich nicht. Doch es ist immer feucht hier unten in der Talsenke so nahe am Fluss und der Weg zur Arbeit weit und beschwerlich.

Bei Oma wohnt sich bequemer. Bei ihr darf ich bleiben, so lange ich mag. Wenn meine Ausbildung abgeschlossen ist und ich eine feste Anstellung habe, werde ich mir eine kleine Wohnung in der Stadt suchen. In der Stadt ist das Leben viel einfacher als hier. Es gibt Geschäfte, den Busbahnhof, das Krankenhaus, die Buchhandlung und vieles mehr. Das gefällt mir.

„Sie sind als Einzige in diesem Haus gemeldet, also zur Auskunft verpflichtet."

„Was genau muss ich tun?"

„Füllen Sie die Amtsbelege lückenlos aus! Vergessen Sie die aktuellen Adressen der Erben nicht! Im Anhang sehen Sie, wer alles erbberechtigt ist."

„Wozu brauchen Sie die Adressen?"

„Wir schreiben alle Personen an. Diese können innerhalb von sechs Wochen das Erbe schriftlich ablehnen. Sollte noch ein Testament auftauchen, informieren Sie mich bitte!"

Die Frau hat aufgelegt.

Das Ausfüllen der Unterlagen ist schnell erledigt, weil ich Namen und Adressen meiner

Geschwister auswendig kenne. Nur bei Lukas zögere ich einen Moment, weil ich nicht sicher bin, ob er tatsächlich bei seinen Großeltern wohnt. Muss ich auch Kilian angeben, der kein Ehepartner mehr ist? Da keiner von uns das Haus will, muss es wohl verkauft und der Erlös geteilt werden. Doch was ist, wenn Kilian oder Lukas zurück wollen? Das wäre immerhin denkbar wegen der Werkstatt.

Ob sich Oma mit Erbschaftsangelegenheiten auskennt?

*****

Am besten wird es sein, wenn ich gleich alle Unterlagen und Papiere mitnehme, die sich noch im Haus befinden. Oma wird wissen, welche wichtig sind und welche ich entsorgen kann. Ich öffne die Tür zur Vitrine, wo sich alle Verträge befinden, auch unsere Geburtsurkunden. Elisabeth ist vor der Ehe geboren und in der Spalte Vater steht: unbekannt. Bei mir, Lukas und Pia ist Kilian als Vater eingetragen. Doch Oma ist sich sicher, dass wir drei Mädchen von anderen Männern gezeugt wurden.

Gezeugt. Das klingt so technisch und gar nicht nach großer Liebe. So sehr ich auch in den Papieren suche, es gibt keinen einzigen Hinweis auf diese Erzeuger, nicht einmal einen Zettel mit einem Namen. Eigentlich möchte ich gar nicht wissen, wer mich gezeugt hat, denn derjenige hat sich niemals um mich gekümmert. Nur Kilian war schon vor meiner Geburt da und hat als Einziger den Namen Vater verdient. Wir haben ihn immer Papa gerufen.

*****

Plötzlich steht er vor mir.

„Papa!", rufe ich überrascht aus.

Zwar weiß ich inzwischen, dass er gar nicht mein Vater ist, doch Papa kam mir von ganz allein über die Lippen. Außerdem kann ich ihn nicht plötzlich Kilian nennen.

Vor Freude über unser Wiedersehen will ich ihn sofort umarmen. Doch er wehrt mit beiden Armen ab und geht einfach an mir vorbei.

Um ihn aufzuhalten, sage ich schnell: „Unser Licht geht nicht."

Vater stemmt die Hände in die Hüften.

„Wenn ihr die Rechnung nicht bezahlt, gibt es auch keinen Strom. Ich zahle jedenfalls nichts mehr!"

„Aber ich habe kein Geld", sage ich leise.

„Das geht mich nichts an. Ich will nur den Schmuck holen."

„Welchen Schmuck?"

Mutter trug niemals Schmuck, das weiß ich genau.

„Es sind alte Familienerbstücke, die deine Mutter zur Hochzeit trug: eine Kette aus massivem Rotgold mit einem antiken Anhänger, ebenfalls aus Gold. Dazu passende Ohrringe, ein Armband und eine goldene Uhr."

„So viel?"

„Es ist noch viel mehr. Früher wollte sie immer neuen Schmuck: Ketten, Armbänder, Ohrringe. Und immer musste es Gold sein." Leise fügt er hinzu: „Bis sie dann plötzlich fromm wurde." Er schaut mich finster an. „Ich will jetzt alles zurück! Alles!"

Ich kann mir Mutter mit Goldketten einfach nicht vorstellen. Es passte nicht zu ihr. Sie trug nur eine schlichte Kreuzkette, die ich nach ihrem Tod an ihrem Hals ließ.

„Steh nicht rum! Hilf mir beim Suchen!"

Ich überlege, wo Mutter den Schmuck aufbewahrt haben kann. Im Bad wäre er mir aufgefallen. Vielleicht sollte ich in ihrem Wäscheschrank nachsehen.

Vater öffnet Mutters Kleiderschrank und wirft Kleid, Mantel und Schürzen achtlos aufs Bett.

„Wo hast du ihr Kästchen versteckt?", raunzt er mich an.

„Welches Kästchen?"

„Stell dich nicht so an! Das Schmuckkästchen

meine ich."

Ich weiß von keinem Schmuckkästchen.

„Du wirst es mir morgen geben! Vollständig! Hast du mich verstanden?", brüllt er.

Ich nicke erschrocken, denn auf Papas Wutausbruch war ich nicht gefasst. Wenn ich alles in Ruhe durchsuche, werde ich die Schachtel finden und sofort zu ihm bringen.

„Und wage nicht, dir etwas davon unter den Nagel zu reißen! Es gehört mir! Alles! Sage das auch deinen Schwestern!"

Er dreht sich um und stapft eilig die Treppe hinunter. Als unten die Haustür scheppernd zuschlägt, zucke ich erschrocken zusammen.

Mir ist zum Heulen zumute. Ich verstehe seinen Zorn nicht. Was habe ich ihm nur getan? Dass ich nicht seine Tochter bin, weiß ich erst seit wenigen Tagen und ist für mich noch immer wie ein Schock.

Ich weiß nicht, woher ich das Geld für die Stromrechnung nehmen soll und will auf keinen Fall Oma darum bitten. Im Moment brauchen wir keinen Strom, denn im Moment wohnt hier niemand. Siedendheiß fällt mir der Kühlschrank ein und ich laufe in die Küche. Die Kühlschranktür steht offen, es sind keine Lebensmittel darin, der Stecker ist gezogen. Hat Vater bzw. Kilian hier Ordnung geschaffen? Oder war es Oma.

Ich habe so viele Fragen und weiß auf keine eine Antwort. Es sind alles Dinge, um die ich mich bisher nie kümmern musste. Mir ist das alles zu viel. Am liebsten würde ich jetzt gleich in den Wald laufen und nicht mehr an die schlimmen Briefe denken, auch nicht an Kilians böse Worte. Doch ich bin erwachsen und weiß, dass Davonlaufen nicht hilft.

„Stell dich nicht so an! Himmelherrgott nochmal!", hätte jetzt Mutter geflucht und ihre harten Fingerknöchel gegen meine Schulter gestoßen und mich vorwärts geschoben.

Jetzt stößt mich niemand mehr vorwärts. Jetzt muss ich selbst den ersten Schritt tun.

Und was würde mir Oma raten?

„Was du heute kannst besorgen, das verschiebe nicht auf morgen."

Heute bin ich hier im Haus und heute erledige alles, was ich erledigen kann. Energisch richte ich mich auf und überlege, womit ich anfange.

Zuerst hole ich eine Kiste, in die ich das Kleid, die Schürzen und Mutters Wäsche packe. Den Mantel lege ich obenauf.

So gründlich ich jedes Fach und jede Schublade durchsuche: Ein Schmuckkästchen finde ich nicht. Wo kann es nur sein? Hat die Polizei es gefunden? Doch dafür hätte ich wohl ein

Protokoll unterschreiben müssen.

Vielleicht Lilli? Nein, Lilli trägt nur auffallend bunte Ketten und Armbänder aus Plastik. Und sie nimmt nicht heimlich Dinge an sich, die ihr nicht gehören.

Wer tut so etwas? Pia! Sie hat gestohlen und gelogen, vielleicht sogar Mutters Schmuck. Mag sie Gold? Oder hat sie alles verkauft und zu Geld gemacht? Ich schüttle den Kopf über meine bösen Gedanken. Oma sagt immer, man muss gut über die Leute denken und Geduld haben. Das meiste klärt sich mit der Zeit von selbst auf. Für die garstigen Gedanken über meine kleine Schwester schäme ich mich und bete, dass sie nicht wahr sind.

Bevor ich die Papiere in meiner Tasche verstaue, öffne ich den letzten Brief. Er ist vom Jugendamt und enthält eine Rechnung über 5.870 Euro für Pias Unterbringung, Verpflegung und Betreuung. Ich starre fassungslos auf das Blatt und kann nichts mehr denken. Was soll ich nur tun? Ich kann gar nichts tun. Doch! Ich kann im Jugendamt anrufen.

Auf dem Schreiben suche ich nach dem Namen und der Telefonnummer des Sachbearbeiters, doch ich kann weder Buchstaben noch Zahlen erkennen, weil alles vor meinen Augen verschwimmt. Meine Hände zittern derart, dass ich das Blatt auf dem Tisch ablegen muss.

Irgend etwas drückt mir tief in den Magen, als hätte ich einen harten Stein verschluckt oder er ist in mir gewachsen. Können im Bauch Steine wachsen? Plötzlich weiß ich, was es ist: Es ist kein Stein, es ist die Angst.

Was soll jetzt werden? Wie geht es weiter ohne Mutter? Ohne einen Vater! Nicht einmal Pia ist mir geblieben. Nur viele Sorgen und Schulden. Nein! Ich darf nicht ungerecht sein. Ich habe eine ganz besonders liebe Oma.

Sie wird mir helfen. Soll ich sie bitten, für mich im Jugendamt anzurufen? Das tut sie sicher gern. Doch es wäre feige. Wenn ich zögere, eine wichtige Sache zu erledigen, gibt sie mir einen kleinen Schubs, zwinkert mir zu und sagt: „Aufgeschoben ist nicht aufgehoben". Das heißt, was ich jetzt vor mir her schiebe, muss ich später erledigen.

Außerdem ist der Brief direkt an mich adressiert. Ich seufze und beschließe, diesen unangenehmen Anruf sofort hinter mich zu bringen.

Die Frau ist sehr freundlich und bittet mich, am nächsten Dienstag Nachmittag in ihr Büro zu kommen, meinen Verdienstnachweis und eine Aufstellung aller finanziellen Verpflichtungen mitzubringen. Man wird einen Weg finden.

Wirklich beruhigt bin ich nicht. Doch ich klammere mich an ihre Worte, dass es einen Weg geben wird.

Jetzt fahre ich erst einmal mit all den vielen Briefen und Papieren zu Oma.

*****

Ich lege Frau Wieland vom Jugendamt meinen Lehrvertrag und die Verdienstbescheinigung vor, auch den Vertrag über Strom und Wasser. Sie schaut sich die Belege gründlich an und macht sich Notizen, bevor sie alles kopiert.
„Wir könnten das Aussetzen der Rechnung bis zum Abschluss Ihrer Ausbildung veranlassen."
Das heißt, ich habe auf einmal einen Berg Schulden. Noch dazu welche, die ich gar nicht verursacht habe. Natürlich sehe ich ein, dass Pias Unterbringung in der Wohngruppe bezahlt werden muss. Ich verstehe nur nicht, weshalb ich dafür verantwortlich bin.
„Warum haben Sie die Rechnung auf meinen Namen ausgestellt?", frage ich.
„Weil wir dich pro Forma als Vormund deiner Schwester Pia eingesetzt haben. Schließlich bist du volljährig und wohnst im Gegensatz zu deiner älteren Schwester hier vor Ort."
Das scheint mir logisch, denn Lilli lebt nicht hier und Mutter ist gestorben.
„Selbstverständlich haben wir uns zuerst an

Herrn Kilian Lehmann gewandt, weil Pia ihn als ihren Vater angab."

Mir ist sofort klar, was jetzt kommt und sage leise: „Er ist nicht ihr Vater."

„Genau. Das konnte er mit einem amtlich bestätigten Vaterschaftstest nachweisen."

Ich seufze und frage leise: „Und deshalb muss *ich* jetzt für sämtliche Kosten allein aufkommen?"

Ich bin den Tränen nahe und ärgere mich gleichzeitig, Omas Begleitung ausgeschlagen zu haben. Jetzt hätte ich sie gut gebrauchen können. Sie weiß immer, was zu sagen ist.

„Ja, leider ist das tatsächlich so."

Auch Frau Wieland seufzt und schaut mich voller Mitgefühl an. Das bringt mich nun doch zum Weinen, was mir sehr peinlich ist.

Nach einer Weile seufzt sie wieder und sagt: „Mir fällt ein, wie ich dir helfen und vielleicht sogar diese hohe Zahlung ersparen kann."

Interessiert horche ich auf.

„Du lebst zur Zeit bei deiner Oma?"

Ich nicke.

„Das heißt, das Elternhaus steht leer."

„Leer ist es nicht, die gesamte Einrichtung befindet sich noch drin."

„Aber es wohnt niemand dort, richtig?"

Wieder nicke ich.

„Bei einem leerstehenden Haus sind wir befugt,

die Schätzung zu veranlassen und den Eigentümer zum Verkauf zu drängen, damit unsere Kosten gedeckt werden."

„Aber ich bin nicht der Eigentümer!"

Frau Wieland hebt beide Arme und lächelt mich an.

„Da habe ich andere Informationen."

Überrascht frage ich: „Was denn für Informationen?"

„Ich bin nicht befugt, Ihnen darüber Auskunft zu geben."

Aber sie ist befugt, das Haus schätzen zu lassen, ohne mich oder Kilian zu fragen? Und weshalb siezt sie mich plötzlich? Ist das Gespräch jetzt amtlich?

Was hätte jetzt Oma entgegnet? Ich nehme all meinen Mut zusammen und verkünde: „Die Rechnung für die Schätzung zahle ich nicht, weil ich den Auftrag nicht erteilt habe."

„Das ist allein Ihre Entscheidung. Für die Konsequenzen wären auch Sie allein zuständig."

„Welche Konsequenzen?"

„Mahnungen und Gerichtsvollzug." Sie räuspert sich. „Bei einem Verkauf wird die volle Summe und ein vorausberechneter Betrag für die weitere Versorgung Ihrer Schwester fällig." Wieder räuspert sie sich und ordnet geräuschvoll die Papiere auf ihrem Schreibtisch. „Das wäre von meiner Seite aus alles."

Das ist alles? Völlig irritiert stehe ich auf, grüße und gehe aus dem Raum.

*****

„Sie wohnen als Einzige noch in Ihrem Elternhaus", stellt die Dame vom Erbschaftsgericht fest.

„Eigentlich lebe ich seit einigen Wochen bei meiner Oma hier in der Stadt."

„Es ist unerheblich, wo Sie schlafen. Gemeldet sind Sie jedenfalls nach wie vor an Ihrer alten Adresse. Deshalb stellen wir dorthin auch die Post zu."

„Können Sie es nicht gleich an meine Oma schicken?"

„Nein, das geht bei amtlichen Schreiben nicht."

Sind Briefe vom Amt anders als andere Briefe? Dazu sage ich lieber nichts. Die Frau wirkt auf mich kurz angebunden und nicht wirklich an meinem Anliegen interessiert. Sie fragt nichts, sie weist mich zurecht.

„Da Sie weiterhin im Haus gemeldet sind, haben Sie das Erbe stillschweigend angenommen, auch wenn Ihre Geschwister es ausschlagen."

„Was heißt das für mich?"

„Das Gericht hat Sie zum Nachlassverwalter bestimmt."

Was ist ein Nachlassverwalter? Obwohl ich diese Frage nicht laut ausspreche, erklärt die Frau.

„Sie sind der gesetzliche Vertreter der Erben, erstellen ein Vermögensverzeichnis, verwalten das Erbe, erledigen sämtliche Zahlungen, lösen den Haushalt auf und verkaufen die Immobilie. Ach ja – und Sie erstellen die Erbschaftssteuererklärung."

Ich weiß gar nicht, was das alles ist! Immerhin dämmert mir, dass zu den Zahlungen wohl auch die aufgelaufenen Stromrechnungen gehören und vielleicht noch viel mehr.

„Ich kann das gar nicht", gebe ich leise zu bedenken.

Die Frau winkt ab und redet weiter.

„Ihnen und Ihren Geschwistern steht bei einer gesetzlichen Erbfolge je ein Viertel des Nachlasses zu. Sollte jemand das Erbe ausschlagen, erhält er nur den Pflichtteil, der genau der Hälfte des gesetzlichen Erbes entspricht, was den Anteil der verbliebenen Erben erhöht. Kämen weitere Erben hinzu wie der Witwer der Verstorbenen, sind diese einzubeziehen. Ihre Kosten und die laufenden für die Instandhaltung des Hauses können Sie ebenso wie eventuelle Schulden vom Verkaufserlös abziehen."

Für all das bin ich verantwortlich, weil ich noch im Haus gemeldet bin?

„Aber das kann ich gar nicht!", wiederhole ich.

„Sie sind zur Auszahlung des Erbes verpflichtet. Außerdem sollten Sie wissen, dass Herr Kilian Lehmann einen Erbschein beantragte, obwohl er durch die Scheidung nicht mehr erbberechtigt ist. Doch er konnte nachweisen, dass er als Alleinverdiener das Haus abbezahlt hat. Dafür gibt es eine Ausnahmeregelung, eine sogenannte Härteklausel. Und er hat gegen die Vaterschaft von Pia und Ihnen geklagt und prüft, ob er die jahrelangen Zahlungen für diese beiden Kinder wegen arglistiger Täuschung zurückfordern kann."

Irgend etwas schnürt mir die Kehle zu. Ich fasse mit der Hand an meinen Hals und versuche, mich zu räuspern. Es gelingt mir nicht.

„Immerhin war er wohl der Einzige, der sich um Ihre Mutter gekümmert hat."

„Wie denn gekümmert?", stottere ich völlig fassungslos.

Die Frau runzelt ihre Stirn.

„Mutter war im Pflegeheim."

„Eben. Und dort hat er Ihre Frau Mutter täglich besucht, auch vorher, als sie noch im Krankenhaus lag."

Das stimmt nicht! Das hätten mir die Pfleger gesagt. Doch sie versicherten mir, dass außer mir nur die Oma kam. Warum lügt er so dreist? Geht es ihm nur ums Geld? Oder meldet sich jetzt so etwas wie sein schlechtes Gewissen?

Es wird nichts nützen, der Frau die Wahrheit zu sagen, sie wird mir nicht glauben. Das ist mir inzwischen klar geworden. Nur weinen will ich nicht schon wieder, obwohl mir bereits die Tränen in den Augen brennen.

„Wir sind an die gesetzliche Regelung gebunden", sagt die Frau ein wenig freundlicher. „Ich kann Ihnen nur empfehlen, Ihren Anwalt zu konsultieren, der Sie auch bei Streitigkeiten der Erbengemeinschaft beraten kann."

Ich habe gar keinen Anwalt. Noch nie in meinem Leben habe ich einen Anwalt gebraucht. Wäre er jetzt nötig? Er wird Geld kosten, sicher sehr viel Geld. Doch ich habe kein Geld. Ich habe nur eine Menge Verpflichtungen, weil mich das Gesetz zu Pias Vormund und zum Nachlassverwalter bestimmt.

Was wird nur die Oma zu allem sagen?

*****

„Alles wird gut, mein liebes Kind", tröstet mich Oma und nimmt mich in die Arme.

Zwei Wochen später öffnet sie eine Flasche Sekt, gießt uns beiden ein und lächelt geheimnisvoll.

„Ich habe eine Lösung gefunden und darauf will ich mit dir anstoßen."

Überrascht horche ich auf.

„Ich habe mit deinen Geschwistern und auch mit Kilian gesprochen."

Das habe ich auch versucht, doch es ist mir nicht gelungen. Nur Lilli hat geantwortet, ich soll machen, was ich für richtig halte.

Hoffnungsvoll schaue ich Oma an. Ich bin mir fast sicher, dass sie mehr Erfolg hatte als ich.

„Ich hoffe, du bist mir nicht böse, dass ich mich eingemischt habe."

„Aber nein!", rufe ich aus.

„Alle Erben sind einverstanden, dass das Haus von einem Makler hier aus der Stadt verkauft wird. Keiner von ihnen will einen Teil der Kosten für den Erhalt der Immobilie übernehmen und alle ziehen eine schnelle Regelung einem hohen Erlös vor."

Ich bin vor Freude ganz hibbelig und rutsche auf dem Sofa hin und her. Zur Beruhigung trinke ich das Glas in einem Zug leer.

„Stell dir vor, der Makler hat bereits einen Käufer gefunden, der zwar nur die Hälfte des Schätzwertes zahlen will, doch die Immobilie wie gesehen übernimmt." Oma lacht mich an und ich umarme sie stürmisch. „Das heißt, du wirst in wenigen Tagen keine Probleme mehr haben, sondern ein wunderbares Plus auf deinem Konto."

„Dann kann ich all die Schulden bezahlen!",

rufe ich erfreut aus.

Oma schüttelt ihren Kopf.

„Das ist nicht nötig, denn sämtliche Rechnungen werden zuerst beglichen, bevor es zu einer Auszahlung kommt."

Ich kann mein Glück kaum fassen. Mir ist gleichgültig, wie hoch oder niedrig die Summe sein wird. Mir ist nur wichtig, dass ich nun niemandem mehr etwas schuldig bin.

Am liebsten würde ich jetzt sofort Hannes anrufen und ihm alles erzählen.

*****

Hannes möchte mit mir zusammen nach Hallstatt. Er will mir nicht nur seine Heimatstadt zeigen, sondern ab Frühjahr im Krankenhaus Bad Aussee arbeiten. Als Techniker. Es sei ein sehr modernes Krankenhaus, das ich mir unbedingt ansehen sollte.

Nur ansehen?

Ich habe Oma davon erzählt. Sie war die ganze schlimme Zeit für mich da, hat mir geholfen und mich beschützt. Deshalb kann ich sie nicht hier zurücklassen und einfach meiner Wege gehen.

„Papperlapapp! Wenn du glücklich bist, bin ich auch glücklich. So einfach ist das! Jeder muss seinen eigenen Weg finden und ihn ganz für sich gehen. Und wer weiß, vielleicht führt dich dein Weg nach Österreich in das gleiche Krankenhaus, in dem Hannes arbeitet."

*****

Wenn ich an all die Jahre in diesem Haus unten am Fluss zurückdenke, kommen sie mir vor wie ein Versteck. Schlimmer noch: wie ein Gefängnis. Außerhalb meines Zimmers erschien mir alles fremd und gefährlich.
Jetzt will ich mich nicht mehr verkriechen. Ich will hinaus in die Welt, doch zuerst nach Hallstatt in Österreich. Und ich will Hannes!

Lieben ist nicht,
sich gegenseitig anzusehen;
Lieben heißt,
gemeinsam in die gleiche Richtung zu sehen.

Antoine de Saint-Exupery

Petra Weise wurde 1954 in Freiberg/Sachsen geboren und lebt nach zahlreichen Wohnungswechseln durch Hessen und Bayern seit 1993 wieder in ihrer Heimat Sachsen.

Sie mag das Erzgebirge mit all seinen Traditionen. Wenn sie nicht schreibt oder liest, wandert sie gern mit ihrem Hund durch den Wald oder spielt Klavier.

Weitere Veröffentlichungen finden Sie auf der Autorenseite:

www.autorinpetraweise.de